聖女の結婚

登場人物紹介
レオンス・ド・クレッシュ
バスチェルク王国の軍をまとめる将軍。
ヴァンパイア一族の子孫でもあり、
高い身体能力を誇る。真っ直ぐな性格で、
一目惚れしたセレナに結婚を申し込む。
セレナ・カラ
聖女として生まれ、クス村の教会で
暮らしている。森で怪我したところを
レオンスに救われて、彼と恋に落ちる。
人の怪我や不調を治癒する能力を持つ。

ブランデル
レオンスの従者であり、よき親友。お調子者だが、レオンスを公私共に支えている。
アリューシア・エヌマ
セレナの護衛を務める女騎士で剣の腕前も一流。過保護でいつもセレナの心配をしている。
アダルベルト
バスチェルク王国の国王。セレナとレオンスの仲を応援するが、なぜかその眼差しは寂しそうで……？
教皇
バスチェルク王国の王都にある中央教会の最高権力者。利己的な性格で人望は薄い。

1　理想の相手

もう何度目かわからないため息をつきながら、セレナは崖《がけ》の上に目をやった。しかし先ほどから変わらず、人の気配はまったくない。

（本当に私って、おっちょこちょいで自分でも嫌になるわ……）

鬱蒼《うっそう》と草木が繁る森の中にたった一人で取り残されているのだと思い知らされ、寂しさが募《つの》る。

気を紛《まぎ》らわすように、セレナは右の足首をさすった。

地面に座り込んでいた彼女は、せめて立ち上がれないかと足に力を入れてみる。が、痛みが走り、すぐにへたり込んでしまう。

情けない――今まで我慢していた涙が、たまらず目に溢《あふ》れてきた。

（何が「聖女」よ！　自分の怪我も治せなくて、人に迷惑をかけて……）

セレナの右足首には、唐草模様のような痣《あざ》が刻まれている。その痣《あざ》こそ、セレナがこのバスチェルク王国において「神に愛された者」――つまり、聖女とされる所以《ゆえん》だ。

現在は平和なバスチェルク王国だが、遠い昔には、侵略すべくやってきた魔物の存在に苦しみ、長い戦いを強《し》いられた時代があった。その戦いに終止符を打ったのが、初代聖女である。

聖女は、魔物達の指導者として君臨《くんりん》していたヴァンパイアを、特別な力によって改心させることに成功。それ以来、この国にはいつの時代にも聖女が存在するようになった。

聖女の血を引く一族がいるのではなく、「神に愛された者」が聖女として誕生する。必ず身体のどこかに美しい唐草模様の痣《あざ》を持っていること、そして、手をかざすことで他人の傷を治癒《ちゆ》する能力があることが聖女の証《あかし》なのだという。

右足首に証《あかし》の痣《あざ》を持ち、聖女と呼ばれるセレナだが、彼女自身は、自分の父親の名前も顔も知らない。母親はセレナを産んですぐに亡くなったと、唯一の肉親である祖母から聞かされていた。今は、クス村という小さな村の教会で、神父の仕事を手伝いながら祖母と共に暮らしている。王都から南東へ少し下った所にあるクス村は、亡き母が生まれ育った場所だ。

本来であれば、セレナは王都にある中央教会で暮らしているはずだった。中央教会とは、国内各地にある教会、そして聖職者をまとめる組織のことを指す。バスチェルク王国では聖女を聖職者として扱うため、中央教会が聖女を管轄《かんかつ》することになっているのだ。通常は、聖女が五歳になった時点で中央教会が引き取って養育し、神学、聖女としての役割などについて教え込む。

しかし、中央教会からやってきた遣《つか》いに対し、セレナの祖母は頑《がん》としてセレナを引き渡さなかった。祖母曰《いわ》く、「娘を亡くした私の生き甲斐はこの子だけなのに、それすらも取り上げるつもりなら、今すぐこの子と一緒に死んだほうがましだ」と激しく抵抗したらしい。

教会関係者の中には祖母を問題視する者もいたものの、トップである当時の教皇が祖母の言い分に理解を示したおかげで、二人はクス村に留《とど》まることができたのだった。

しかし、四年前に前教皇が亡くなり今の教皇に変わってからは、「中央教会で預かる」と再び使者が訪れるようになった。祖母は相変わらず頑《かたく》なに彼らを拒否している。

とはいえ祖母はもう高齢で、ここ一ヶ月ほど伏せって食欲がない状態が続いていた。セレナの治《ち》癒《ゆ》能力は、風邪など一時的な体調不良には効力を発揮するけれど、老衰《ろうすい》を止めることまではできない。祖母の体力の衰《おとろ》えは顕著《けんちょ》で、何もしてやれないことに心を痛めていたのだが、昨晩、昔からの好物であるグミの実のジャムが食べたいと言ってくれた。砂糖をたっぷり使い煮込んで甘いジャムにしたら、少しだけでも口にしてくれるかもしれない。

セレナは「祖母に元気になってほしい」という一心で、早朝にこっそりと教会を抜け出した。セレナの護衛を務める女騎士・アリューシアは最初こそ勝手な外出に渋ったものの、祖母を思うセレナの気持ちを尊重し、彼女を馬に乗せて森まで連れてきてくれたのだ。

セレナが足を滑らせて崖《がけ》の下に落ちてしまったのは、グミの実を探してしばらく奥へと進んだ時のことだった。幸い、落ち葉がうずたかく降り積もっていたため、左足首を捻《ひね》った以外は大事に至らなかった。しかし、崖《がけ》はセレナ自身の力で這《は》い上がることができないほどに高い。

アリューシアはひどく心配し、自ら崖《がけ》を下りてセレナを助けようとしてくれたが、二人とも遭難《そうなん》してしまったら意味がない。救助を手伝う人手を呼ぶため、セレナを残して一旦クス村へ戻る決断をしたのだった。

アリューシアが村へ到着するまでには、もうしばらくかかるだろうか。それに、教会の神父に事情を説明したり、力仕事に強い男達をかき集めたりしなければならない。彼女がここへ再びやってくるまで、まだまだ時間が必要だろう。

（お祖母《ばあ》様にも心配をかけてしまうわ。ただでさえ具合が悪いというのに……）

再びセレナはため息を零《こぼ》した。

聖女として生まれてきたはずだが、セレナは自分がそれほど大層な力を持っているとはどうしても思えない。治癒《ちゆ》能力だって、自分自身には効果がないから、ここから立ち上がることすらできないのだ。

沈む気持ちを振り払うように、セレナは歌を口ずさんだ。するとそこへ、チュンと励ますように小鳥がやってきて、セレナの肩に乗った。

「慰《なぐさ》めてくれるの？　ありがとう……」

幼い頃から、セレナが歌を口ずさむと、小鳥、犬や猫、うさぎなどの小動物がつられるように集まってくる。

聖女は痣《あざ》と治癒《ちゆ》能力以外にもう一つ、それぞれに特化した力を持つのが特徴なのだが、セレナの場合、それが「歌で動物を呼べる」というものだった。

心細さを忘れるために、セレナは再び小さく鼻歌を歌う。するとまた二羽、小鳥が現れて彼女の周囲を飛び回った。

「もう少し、一緒にいてね」

そう呟《つぶや》いた時、崖《がけ》の上から突然、男の声がした。

「そこに、誰かいるのか？」

「っ！」

聞き覚えのない声だ。クス村の住人じゃない。

（盗賊かも……どうしよう）

恐怖を覚えたセレナの身体が強張《こわば》る。

すぐに枝をかき分ける音が聞こえてきた。慌てて身を隠す場所を探したが、途端に足に痛みが走り、声を出してしまう。

「いたっ……！」

「どうした？　怪我をして動けないのか？　今、そこまで下りるから動かず待っていろ」

言うやいなや、声の主が飛び下りて姿を現した。

「あっ……」

現れた男性を見た途端、セレナはその秀麗《しゅうれい》さにジッと見入ってしまった。

年の頃は二十代後半だろうか。十八歳である自分よりいくらか大人びて見える。

端整な顔立ちに品のよさが滲《にじ》み出ている。薄めの唇は一見酷薄《こくはく》な人物にも思えるが、灰色の瞳の光が温かさを感じさせた。

つやつやした銀髪《ぎんぱつ》は、彼の美しさをさらに引き立てている。

マントや上着、ズボンには光沢があり、それぞれに優美な刺繍《ししゅう》が施《ほどこ》されていた。城で暮らす王族、あるいは上流の貴族か――

(素敵……絵の中から出てきた人みたい)

セレナがそう思うほど、彼は衝撃的な美貌《びぼう》の持ち主だった。

「どこを怪我したんだ？」

同じようにセレナを見つめていた彼から尋ねられ、セレナは我に返って答えた。

「左の足首を少し捻《ひね》ってしまって……」

「足首を……？」

男性は少し驚いたように目を瞠《みは》った。しかし、すぐに我に返ったように小さく首を振る。

男性はしゃがんで膝をつき、視線をセレナの足に向け、指先でそっとセレナの足首に触れる。

「少し血も出ているな。痛むか？」

彼がこちらを見やる――その眼差《まなざ》しの艶《つや》やかさは、セレナに呼吸を忘れさせるほどだ。青紫色をしたセレナの瞳が、緊張で揺れる。

(男の人でも、こんなに艶《つや》っぽい人っているのね)

そんな考えには気付かれないよう、首を横に振り、「動かさなければ痛みはありません」と答える。

「そうか。なら骨折の心配はないと思う。軽い捻挫《ねんざ》だろう。念のために、両足とも少し見せてもらうよ」

彼はそう言ってから、おもむろにセレナの靴を脱がしにかかった。捻《ひね》った左足の靴を最初に脱がし、そっと足を持ち上げたのだが、何も言わず、ちょっと不自然なほどじっと黙ったままそこを見つめている。

「あの……」

「え——あっ、すまない。気にしないでくれ」

セレナが問いかけたことで彼はハッとした様子を見せ、足首の上にそっと手を置いた。

「腫《は》れてはいないようだ。よかった」

そして、今度は右足の靴を脱がせると、同じように黙り込んでしまう。

不思議に思ったセレナがまた声をかけようとした直後、彼はぽつりと呟《つぶや》いた。

「痣《あざ》……。綺麗だ」

その言葉にセレナはドキッとする。痣《あざ》の模様が綺麗、という意味だろうか。

彼はじっと痣《あざ》のある部分を見つめている。

沈黙が続いてセレナがごくりと息を呑んだ時——

彼がまるで高価な宝石でも扱うように、セレナの足をそっと持ち上げ、そして痣《あざ》へ口付けを落と

した。足首に着けているアンクレットが小さく揺れる。

「えっ……」

突然の出来事に驚き、目を丸くしたセレナは彼をまじまじと見つめてしまう。

「綺麗な足首だ。噛み付きたくなるほど――」

「あ、あの……ありがとうございます」

褒《ほ》められて悪い気はしないから、セレナは思わず素直に礼を口にしていた。

だが、足首とはいえ、異性から口づけなどされたのは生まれて初めてで、心臓がドクドクと音を立てている。彼の手はセレナのものよりもずっと大きく、温かかった。

(まさか、足首にキスをされるなんて――でもこれはきっと、貴族や位《くらい》の高い人達にとってごく自然な挨拶《あいさつ》に違いないわ)

自分が住んでいるクス村以外の場所へ行く機会が滅多にないセレナは、それを変わった行為だという風にはとらえなかった。

(でも、噛み付きたくなるってどうしてかしら。不思議な人……)

理由がわからずに首を傾《かし》げたが、彼と視線が重なり微笑まれると、ドキドキしてそんなことを考える余裕がなくなってしまう。

真っ直ぐな彼の銀髪《ぎんぱつ》が、さらりと流れてセレナの足に触れる。そのくすぐったい感触にさえ緊張した。

大きく鳴る胸の鼓動が彼に聞こえていたら、と考えると恥ずかしい。

どうしてこんなにドキドキするのだろうか。

その時、再び崖《がけ》の上から誰かの声が聞こえた。

「おーい、レオンス！　大丈夫か？」

男性の声なので、アリューシアが戻ってきたわけではないようだ。セレナは少し落胆した。目の前にいる男性へ呼びかけているようだから、彼の名前は「レオンス」というらしい。

声のするほうを、レオンスと二人で見上げる。黒い短髪の男が顔を出しているのがわかった。

「俺は平気なんだが、この令嬢が怪我をしているんだ」

レオンスが返事をした。

「ロープが必要か？」

「いや、このくらいの高さの崖《がけ》なら、彼女を抱いたまま登れるよ」

（――えっ!?　登れるの？）

さらりとレオンスが放った言葉に、セレナは驚いて口を開ける。

彼は優しい笑顔をセレナに向けて靴を履《は》かせると、「失礼するよ」と声をかける。そして右手を彼女の膝裏に差し込み、左手で背中を支えながら軽々とセレナを抱き上げた。

「落ちないように、俺の首にしっかり腕を回してくれ」

「は、はい！」

髪の匂いだろうか？　清々《すがすが》しい香りがフワリとセレナの鼻孔《びこう》を掠《かす》める。

自分を包んでくれている腕は大きく、肩も胸も硬くて男らしい。

（私、自分から男の人に触れるなんて初めてだわ）

レオンスの首に手を回したことで、彼のうなじの体温を感じる。急に現実に引き戻されたような気持ちになり、セレナは顔を赤くした。

「これから地面を蹴って崖《がけ》の上に飛び上がるから、衝撃を感じるかもしれない。怖かったら目をつぶっていてくれ」

「はい……」

この高さをジャンプして上まで行くなんて、本当に可能なのか。セレナはそう考えながらも目をつぶる。

一瞬の静寂の後、浮遊感を覚えた。

「っ――」

思わず力が入ったのも束《つか》の間《ま》、すぐにレオンスが着地したのがわかり、セレナは恐る恐る目を開けた。

――崖《がけ》の上だ。

「……すごい。飛んだんですか？　まるで鳥みたいですね……！」

レオンスに抱えられたまま、セレナは感激のあまり彼に抱き付いてしまった。そしてすぐにハッと気付いて離れようとする。しかし、レオンスの手が優しくそれをたしなめた。

「危ないからじっとしていてくれ。これ以上、君に怪我をさせたくないからね」

「す、すみません。あの、重くないですか？」

「ちっとも。遠慮せずにこのままでいたらいい」

にこりと微笑まれて、再びセレナの心臓が音を立てる。

「へえ、なるほど。可愛らしいお嬢さんだ」

背後から声をかけたのは、崖《がけ》の上から顔を出していた黒髪の人物だった。レオンスよりもさらにがっしりとした体型だが、どことなくレオンスと似た雰囲気もある。兄弟か、あるいは親戚だろうか？

「お嬢さん、どこを怪我したんだい？」

「左の足首を捻《ひね》ってしまって」

セレナが答えた途端、彼は目を大きく見開く。そして、やけに大きな声で尋ねてきた。

「足首を？」

「え？　はい、そうですが……」

（足首に何か問題があるの……？）

レオンスだけでなく、黒髪のこの男も足首という言葉に反応するとは、どうしてだろうか。

「おい、レオンス。よかったなあ？　こんなに可愛いお嬢さんなら、さぞかし足首も綺麗だったんだろ？」

「うるさい。余計なことを言うな、ブランデル」

　にやにやと笑ってからかう黒髪の男に、レオンスは顔を少し赤くして不満げな表情をよこした。そんな二人の様子を見て、セレナは首を捻《ひね》る。よかったな、というのは何に対して言っているのだろうか。

「とにかく、館《やかた》に連れていって手当てをしよう。怪我をしているのは足だけではないようだし」

　レオンスに言われて見てみると、確かにセレナの手の甲や腕にはいくつも擦《す》り傷が刻まれている。服も所々汚れていた。

「いえ、ここまで上がることができたので、もう大丈夫です。助けを呼びに行った者も、じきに戻ってくると思いますし」

「いや、治療は早いほうがいい。捻挫《ねんざ》は軽くても馬鹿にできないぞ。一生足を引きずって暮らすことになってもいいのか？」

　レオンスに言われ、セレナはその生活を想像して急に怖くなった。微《かす》かに左足首の痛みがよみがえってくる。

「でも、ご迷惑じゃありませんか？」

　自分の不注意で落ちただけなのに、ここまで親切にしてもらうのは気が引ける。

「迷惑だなんて思うものか。俺がそうしたいと望んでいるんだ」

強い口調で言うレオンスと視線が重なり、セレナは顔を赤らめた。

気のせいだろうか――彼も少し頬が赤くなっている気がする。

「俺達が使っている館《やかた》は、ここから近い。何も遠慮する必要はないから、ついてきてくれると嬉しいのだが……」

「――は、はい。ありがとうございます。では、お言葉に甘えて……」

セレナの返事を聞き、レオンスは嬉しそうに微笑んだ。

そして彼はゆっくりと、セレナの足の怪我に響かぬよう気遣いながら、彼女を馬に乗せてくれた。

「俺も後ろに乗るよ」

鐙《あぶみ》に足をかけ、レオンスが軽やかな動作で馬の背にまたがる。背中にレオンスの胸が触れ、その温かさにセレナは不思議と安堵を覚えた。レオンスが手綱《たづな》を握るために腕を伸ばし、セレナを背後から包み込むような体勢になっている。

ひどく緊張しているはずなのに、なぜかとても心地よくて、ずっとこうしていたいと思ってしまう。

「そうだ、助けを呼びに行った者がいる、と言ったね。その方に、君が俺達の館《やかた》にいると伝えておかなければいけない。君の住んでいる村は？」

「クス村です」

「ここから南東へ行った所にある村だね」

「レオンス、俺が行こう」

黒髪の男が騎乗しながら告げた。セレナはそこでハッとして首を後ろに捻《ひね》り、レオンスに問いかける。

「あ、あの、お二人のことは何とお呼びすればよろしいでしょうか？」

「あっ、これは失礼を。名乗ることもせずに」

馬上で失礼、と銀髪《ぎんぱつ》を揺らしながら彼が口を開いた。

「レオンス・ド・クレッシュと申します。護国《ごこく》将軍を拝命し、バスチェルク国王に仕える身です」

「護国将軍？」

初めて聞く言葉に、セレナは目を瞬《またた》かせた。

「そうだな……軍隊をまとめる役職なんだが、今、この国は戦もなく平和だから、王の護衛や城の警備を中心とした職務に就いている」

黒髪の男が、続いて陽気に話しかけてきた。

「俺の名はブランデル。レオンスの親戚で、彼の従者を務めてる。仕事はレオンスとほぼ同じさ」

(王様の護衛だなんて……！　二人とも、とても偉い方なのね)

セレナはただただ驚くばかりだ。小さな村でひっそりと暮らすセレナにとって、国王に仕える彼らは雲の上の存在である。

「私は、セレナ・カラと言います」

「セレナ、か――。君にぴったりの、素敵な名前だ」

耳元で囁《ささや》くように言われ、セレナは真っ赤になってしまう。間近にレオンスの顔があるから仕方ないのだろうけど――彼に出会った瞬間から、ずっと胸がドキドキと高鳴ったままだ。

（私、どうしちゃったんだろう？）

締め付けられるような胸の痛みに、弾む鼓動。

それが何を意味するのか――セレナには見当もつかなかった。

†　†　†

三人揃《そろ》って森を抜けてすぐ、道が二方向に分かれている地点でレオンスとブランデルが馬を止める。

「じゃあブランデル、頼んだぞ」

「ああ、任せとけ。また後でな」

クス村に繋《つな》がる道を進むブランデルの背中を見送った後で、レオンスはもう一方の道に馬を走らせた。

ほどなくして到着したレオンス達の住《す》み処《か》は、二階建てで小さな城を思わせる造りだった。壁はクリームと淡いピンクの二色に塗られている。

「可愛いお家《うち》！」

木造の質素な家屋《かおく》で育ったセレナにとっては夢のような建物だ。

「本来は王が所有されている別荘でね。外壁や室内に修繕の必要がないかを確認するために、王に代わって少しの間、ここで過ごすよう命じられたんだ。普段は王宮内にある銀狼宮《ぎんろうきゅう》という建物で暮らしている」

「きっと、とても立派なお住まいなのでしょうね。それに、この別荘も可愛らしくて本当に素敵だと思います」

「ああ。王も気に入ってらっしゃる。思い出の場所らしく、大切にしてきたそうだ」

「そうなんですね」

セレナを抱き上げて別荘の中へ入ったレオンスは声を上げた。

「シャーリー、戻ったぞ。……シャーリー？　おかしいな。どこかに出かけたのか……」

人が出てくる気配はない。

「あの、レオンス様。シャーリーさんって……？」

「ああ。王宮で働いている年配の侍女だよ。家事全般を任せるために、一緒に来てもらっているんだ」

そう説明しながら、レオンスは玄関の正面に設置された幅の広い階段を上がり、二階奥にある部屋の扉を開けた。そこでセレナの目に映ったのは、一目で上質とわかる豪華な調度品ばかり。色は薄黄色《うすきいろ》と深い朱色で揃《そろ》えられている。

(値段を考えたら目眩《めまい》がしそう……)

レオンスがセレナをソファにそっと下ろした。ふわふわと柔らかい座り心地だ。

「ここで少し待っていてくれ。足を手当てする物を持ってくる」

そう言ってレオンスが部屋から出ていき、残されたセレナは所在なさを感じた。

特別な用事でもない限り、クス村から出ることをセレナは禁じられている。見知らぬ場所に、初対面の男と二人きりでいたことなど今まで一度もない。

(ますます緊張しちゃう……)

すぐにレオンスが、包帯や薬の入った木箱とタライを手に戻ってきた。

「シャーリーは食材の買い出しに出かけたみたいだ。書き置きがあったよ」

「そうだったんですね」

「心配はいらない。俺は軍人だから怪我の治療には慣れてる」

セレナの緊張を感じ取ったのか、レオンスは柔らかい笑みを浮かべて言う。

それから、レオンスはまずタライに張った湯でタオルを濡《ぬ》らし、セレナの腕や足についた泥を落としてくれた。細菌が入ってはいけないから、と小まめに湯を入れ替えに走ってくれて、セレナはその優しさに何度も礼を言った。擦《す》り傷の消毒を終え、捻挫《ねんざ》した左足首の手当てに移る。レオンスに促《うなが》され、セレナは靴を脱いだ。

向かいに座るレオンスがセレナの足に触れた瞬間、彼の目つきが明らかに変わった。今までは温厚な眼差《まなざ》しで、瞳の色は灰色だったけれど、なぜか妖《あや》しげに赤く輝いて見える。光の加減か、気のせいだろうか？

「レオンス様？」

「やはり、軽い捻挫《ねんざ》のようだ。まだ痛むか？」

「あ、いいえ、大丈夫です」

レオンスは、こちらに顔を向けた。やはり、気のせいでない。瞳が赤くなっている。その変化に戸惑いつつも、彼が手当てしやすいように、セレナはそろそろとスカートの裾を上げる。

レオンスが、ほうっと感嘆したように大きく息を吐き出した。頬も紅潮している。

「美しいな」

「そ、そんなことありません……」

「いや、本当に綺麗だよ。肌も白くて内側から輝いてるみたいだ」

レオンスが、森の中でそうしたように、セレナの足首にキスを落としていく。

（これは、挨拶《あいさつ》みたいなもの。特別な意味なんてないわ）

これ以上緊張しないように、自分に言い聞かせる。それでも、胸がドキドキするのは止められなかった。

今までそんな風に褒《ほ》めてもらったことはない。本当に自分の足首は綺麗なのだろうか。

セレナは首を傾《かし》げつつ、キスを続けるレオンスを見て顔が熱くなるのを感じた。

「この右足の模様もとても綺麗だ。見たこともない模様だけど、これは痣《あざ》なのかい？」

「はい。生まれた時からあったと聞いています」

レオンスは労《いたわ》るようにセレナの足首の痣《あざ》を何度も撫《な》でた。その行為の意味がセレナにはわからない。

「あの、レオンス様……」

「——ああ、すまない。すぐに処置をしなければ」

我に返ったように小さく首を振る。すると、レオンスの瞳から赤い光が消えた。

それから彼は薬草をすり潰《つぶ》して布に塗り、それをセレナの患部に貼ると包帯を巻いてくれた。処置をする間、二人は無言だった。

包帯を巻き終え、レオンスの手が離れる。

「これでもう大丈夫。……すまない。驚いたろう？」

「いえ……その、足首に触れるのは……挨拶《あいさつ》のようなものなのでしょう？」

セレナの言葉を聞いて、レオンスは小さく噴き出し、クスクスと笑った。

「まさか！　そんな挨拶《あいさつ》はないよ——俺はね、昔から、美しい足首を見ると噛み付きたくなるんだ」

「噛み付く……」

足首へのキスも、その行為の一環みたいなものだろうか。

「怖がらせてしまったなら謝る。二度と触れないと約束する」

レオンスが小さく頭を下げるのを見て、セレナの胸がチクリと痛む。

(ドキドキはしたけど……嫌ではなかったもの)

彼は決して乱暴に触れたりせず、セレナの身体を気遣い、親切に手当てまでしてくれたのだ。

「どうか頭を上げてください。レオンス様は、会ったばかりの私を助けてくださった優しい方です。怖くなんかありません。私は田舎者だからレオンス様のような方にお会いしたことがなくて、ドキドキしてしまっただけで……」

「ありがとう、セレナ。容姿だけでなく心も綺麗な女性だな、君は」

レオンスの笑顔に、セレナはドキリとした。本当に綺麗なのは自分ではなく、彼のほうだと思う。

(それに、私は心が綺麗かしら?)

セレナは時おり、聖女であることが窮屈《きゅうくつ》で、不満を感じていた。それなのに心が綺麗だなんて言われると、うしろめたい。

「セレナ」

「はい」

名前を呼ばれて視線を合わせると、彼はまるで壊れ物でも扱うようにセレナの手をそっと握った。

——顔が近い。

間近に見るレオンスは、やはりかなりの美形だ。全てが整っていて、このまま見つめ続けていたらドキドキしすぎて胸が壊れてしまうかもしれない。

「実はもう一つ、告白したいことがある。この国の者なら一度は聞いたことがあると思うけれど……」

「何でしょう？」

「バスチェルク王国で言い伝えられてきた、伝説は知っているかな？」

「ええ……。『聖女伝説』のことですよね？」

答えたセレナの声は上擦《うわず》っていた。

(まさか、私が聖女であると気付かれてしまったのかしら)

レオンスは頷《うなず》いてから先を続けた。

「そう。大昔、魔物達がこの国を襲った。国民達は、魔法の使い手や特殊な能力を持つ者を中心に立ち向かい、互いに一進一退の攻防を繰り返していた。そんな戦いの中で現れたのが、神から力を与えられた一人の乙女――つまり聖女だ。彼女の手の甲には、神の力を示す模様が印《しる》されていた」

「はい、私も小さい頃にそう聞かされました。学校や教会でもその伝説を教えているそうですね」

セレナの場合は足首だが、聖女である証《あかし》が現れる身体の部位は、時代によって違うらしい。

例えば、百年前に現れた聖女は、胸元に痣《あざ》を持っていたと聞いている。

しかし、聖女は代わっても痣《あざ》の模様だけは変わらない。その事実と、実際の模様を把握しているのは教会関係者だけである。

先ほどからレオンスがセレナの足首を見ても何も言ってこないのは、セレナの痣《あざ》の模様が聖女の証《あかし》だと知らないからだと言える。

「初代聖女はまず、教皇と共に当時のバスチェルク国王に申し出た。騎士と魔法使いの力が必要だと。王は自身に仕える勇猛《ゆうもう》な騎士を従え、自ら魔法使いとして聖女に力を貸すことを快諾《かいだく》する」

聖女伝説を伝える書物には、当時の国王が強い魔力の持ち主で、魔法の使い手としてそれまでにも様々な問題を解決してきたと記《しる》されている。

セレナが頷《うなず》くのを確認してから、レオンスは続けた。

「そして、彼らは強力な魔物達に立ち向かった。……その魔物の頂点に立っていたのが、ヴァンパイアだ」

「はい。でも、ヴァンパイアは聖女の力によって改心して人間の味方となったんですよね」

その証拠として、聖女の手の甲に口付け、「貴女《あなた》にこの身を捧げましょう」と忠誠を誓ったという。

レオンスも、聖女伝説について詳しく把握しているようだ。彼は自らの手でセレナの手を包んだまま、続きを口にした。

「ヴァンパイアを味方につけたことで形勢は大きく変化し、聖女は魔物達を退散させることに成功した。そして力を貸したヴァンパイア一族を王や住人達が受け入れたため、ヴァンパイアは魔界に帰ることなく、人間界に住み着いた。それ以来、バスチェルク王国を護《まも》る者として王に仕えている」

言い終えたレオンスが、じっとセレナを見つめる。

「……あっ」

セレナが驚いたように声を上げた。レオンスの職業は、国王に仕える将軍。つまり――

「……気付いたようだね。そう、代々、護国将軍はヴァンパイアの血を引く者達が担《にな》ってきた」

「じゃあ、レオンス様は……」

「うん。俺は、ヴァンパイアの子孫なんだ」

言い伝えで耳にしたことしかなかったヴァンパイアが目の前にいるとわかっても、セレナは不思議と納得していた。この美貌《びぼう》と、森で難なくセレナを助け出した高い身体能力。彼はやはり、特別な人なのだ。そこでふと気になることが出てきて、セレナは首を傾《かし》げてから尋ねてみた。

「レオンス様は、血を主食にしているんですか？」

普通の食事では、満腹にならないのだろうか。もしそうなら、お腹が空《す》くたびに誰かの血を吸いに外へ出るのだろうか。

（もし私が今ここで噛み付かれたら、聖女の証《あかし》を持つヴァンパイアになるってことかしら）

色々と考えを巡らせていると、レオンスが苦笑しながら説明する。

「いや、血を主食にしていたのは、聖女に忠誠を誓った一代目のみだ。その彼も、数年経《た》つ頃には人間界に馴染《なじ》んで、周りの人間と同じ食事を取れるようになったと聞いている。人間と結婚して子をなした先祖も数多くいる。俺もそうだが、今この国にいるヴァンパイア達の血は、当時に比べるとかなり薄れているんだ。剣の腕や運動能力は普通の人間に比べて高いようだけれど、それ以外は君達と何も変わらないよ」

「そうなんですか。じゃあ、さっき噛み付きたくなるとおっしゃったのは……？」

「……ああ。すまない、セレナの足首があまりに美しいから、つい我慢できなくなってしまった。普段は精神力で持ちこたえるのだが……君に対してはどうも難しいようだ」

「えっ、それは……？」

君に対しては、という言葉にセレナの胸が高鳴る。

ほんの少しだけでも、自分は彼にとって特別だと思われているのだろうか。

もしそうなら、たとえそれが足首だけに限った話でも嬉しいとセレナは感じた。

(告白したほうがいい気がする、私が聖女であると。レオンス様もヴァンパイアの子孫だと教えて下さったのだし……)

本当は、セレナが聖女であることはごく一部の人間にしか知らされていない。クス村では、祖母とアリューシアと、神父だけだ。しかし、聖女伝説に関わりのある者同士であるレオンスになら、打ち明けても大丈夫ではないだろうか。

「あの、私もレオンス様にお話ししたいことがあります」

「何だい？」

レオンスが、灰色の目を瞬《またた》かせてセレナの言葉を待っている。

セレナは覚悟を決めて一つ深呼吸をすると、姿勢を正してレオンスに向き合った。

「……実は私、聖女なんです」

「えっ……？」

レオンスはセレナの告白に目を見開いて固まってしまった。

当然の反応だろう。

「驚かれるのも当然かと思います。今日は、木の実を採《と》りに出かけたのでこんな格好ですが、普段は神父様のお手伝いをしながらクス村の教会に住んでいて、修道服を着ているんです」

森の中で動きやすいようにと考えていたので、今日のセレナは、ブラウスに膝下までのスカートを穿《は》いている。これでは信じてもらいたくても難しいかもしれない。だが――

「そうだったのか……どうりで、普通の村娘とは違うと感じたわけだ」

「えっ⁉」

レオンスは、あっさり納得してくれたのだった。

「貴族か領主のご令嬢かとも考えたんだが。そうか、聖女とは……」

そう言いながらレオンスは腕を組み、短い唸《うな》り声を上げる。

（やっぱり、困らせてしまったわよね……。昔の話とはいえ、かつては敵対していたのだし）

信じてもらえたようではあるが、言わなければよかったとセレナは後悔した。

レオンスの顔を真っ直ぐ見ることができず、俯《うつむ》いてしまう。視界が滲《にじ》んでくるのがわかった。

胸が一気にしぼんだように痛い。

(レオンス様に、避けられたくない――)

出会ってまだほんの少ししか経《た》っていないけれど、こんなにも彼に惹《ひ》かれている。セレナの頭の中はレオンスのことでいっぱいだった。

その時、セレナはハッとする。

(――もしかして、これが人を好きになるということなのかしら)

「この出会いは、偶然じゃないのかもしれないな」

不意にレオンスの声が聞こえて、セレナは目をぱちくりとさせた。

「……レオンス様？」

「そうだろう？　聖女とヴァンパイアは、ずっと前から深く関わり合っていたんだ。俺達が出会ったのも、偶然ではなく運命かもしれない」

運命――その言葉にセレナは顔を上げてレオンスを見た。彼は、真っ直ぐにセレナを見つめている。

「そうかも、しれませんね……」

彼の真剣な顔を見ていたら、そんな気がしてくるし、何より、そう信じたい自分がいる。

ぎゅ、とレオンスが繋《つな》いだ手に力を込めた。そうされるだけで、セレナの全身が熱くなっていく。

「セレナ。驚かせてばかりですまないけれど――君が好きだ。俺は、君に一目惚れしたらしい。こんな思いは初めてだ。――恋人になってくれないか？」

「ええっ……!?」

突然の告白に、セレナはあんぐりと口を開けたまま動けなくなってしまった。

日常的に接する男性は神父だけという生活を送るセレナには、当然異性との交際経験もない。彼に出会うまでは誰かを好きになったことなど一度もなかった。けれど、レオンスに対して抱く自分の感情は恋なのかもしれないと感じている。――いや、これこそ恋に違いないと確信し、セレナは口を開いた。

「レオンス様。私も……一目で貴方《あなた》に恋をしました」

セレナの返事に、レオンスの顔が一瞬にして紅潮する。

灰色の瞳まで星のように輝いて見えた。

「セレナ……ありがとう。すまない、嬉しくて柄《がら》にもなく浮かれてしまいそうだ」

「私も、レオンス様と気持ちが通じ合って本当に嬉しいです……！　足首に噛み付くヴァンパイアだろうと構いません。首より足首のほうが痛くないでしょうし。ふふっ」

二人はさらに強く手を握り合った。レオンスは、セレナを自分の腕の中へ愛しげに引き寄せる。

レオンスの顔が近付き、セレナがそっと瞳を閉じようとした時――

「あっ」

セレナの声に、レオンスは驚いて顔を引いた。

思い出したのだ、これまでに何度も言い付けられてきた「聖女の掟《おきて》」を。

――聖女は生涯、未婚且《か》つ処女でいなければならない。

聖女は神から直接力を授かった聖なる存在であり、決して神を裏切ってはならない。

聖女は、その力を国民のために使う。常に国民の幸福を考えなくてはいけない――

以前、同じクス村に暮らす女友達と、理想の恋愛や結婚について話に花を咲かせていた時、神父から諫《いさ》められたことを思い出した。

「私、聖女だから恋愛を禁じられているんです」

一生、結婚することもできない。

それに、考えてみれば相手は護国将軍という立派な立場にいる人物だ。恋愛にのめり込む暇なんてないはず。

セレナの気持ちが沈んでいく。

だが、レオンスはセレナを真っ直ぐと見据《みす》え、はっきり告げた。

「俺は諦めない。こんなに好きだと思える女性に巡り会えたのは初めてなんだ。簡単に諦めるつもりはない」

「レオンス様……」

肩を掴む力の強さに、セレナの胸が熱くなる。

「私も、諦めたくないです」

「そうだ。きっと解決の糸口があるはずだ。必ず乗り越えてみせる。二人で頑張ろう」

「はい！」

俄然《がぜん》、勇気が出てきた。自分の好きな人も、こうして決意してくれているのだ。

レオンスと共に乗り越えていこう。

セレナはそう心に誓った。

「セレナ……」

再び、レオンスの顔が近付く。セレナも、そっと瞼《まぶた》を閉じた。

唇が触れる。

セレナにとって生まれて初めての口付けだった。彼の唇の温かさと湿った感触に、身体中の細胞がざわざわ音を立てるような気がする。

セレナの肩がふるりと震えた。それに気付いたレオンスが、小さな声で尋ねる。

「怖いか？」

「……平気、です」

レオンスの口から、微《かす》かな笑いが漏《も》れる。

「我慢することに慣れてるんだね。でも、無理をする必要はない」

「わ、私……本当に大丈夫で――」

紡《つむ》ごうとした言葉は、レオンスの唇に遮《さえぎ》られた。

「んっ」

柔らかくついばまれて、のぼせたように頭がぼんやりとしてくる。

レオンスの唇が深く重なると、僅《わず》かな隙間から厚みのある何かが侵入してきた。

「――っふ……」

口の中でぬるぬると動くそれがレオンスの舌だとわかり、戸惑ったセレナはうまく息ができずに首を振る。すると、レオンスは一旦舌を引っ込めて、セレナの耳朶《みみたぶ》に唇を移動させた。

「息を止めなくてもいい。苦しくならないように、鼻で呼吸して」

「……っ、は、はい」

耳元でそっと囁《ささや》かれ、セレナはそう返事するのがやっとだ。

彼の吐息が自分にかかるたびに、身体が反応して震えてしまう。

先ほどからしきりに、身体中の細胞がさざめいているような感覚に襲われている。

――きっと、今まで知らなかった新しい何かが起きるんだ。

セレナはそう理解した。

再び唇が重なり、レオンスの舌が入ってきた。

セレナは教えられた通り、鼻で少しずつ呼吸をする。

「ん、んん……」

レオンスの舌がセレナの舌を嬲《なぶ》り、それを吸う。歯茎に沿って舌先が舞う。

時々、角度を変えるためにレオンスが唇を離すたび、セレナは荒い呼吸を繰り返した。

やがてゆっくりとレオンスが離れ、二人はただ黙って見つめ合った。

自分の肩や腕に触れるレオンスの手の熱さだけで、セレナの思考は溶けてしまいそうになる。

「レオンス様……私、変です……」

「どうした？」

「頭がぼんやりして何も考えられない……それに、何だかさっきからお腹がズクズクとして……熱いんです」

「ああ……セレナ！」

レオンスが、たまらないといった様子でセレナを抱き上げた。

「きゃっ!?」

驚くセレナを抱えたまま、レオンスは彼の寝室である隣の部屋へ向かい、セレナを寝台に下ろした。

「これから俺がすることで、もっと腹が熱くなって、その熱さと痛みに君は泣くかもしれない。――それでも、この想いは止められない。耐えてくれるか？」

「レオンス様……好きです。私は、大丈夫ですから」

いつの間にか、レオンスの息も荒くなっていた。

彼の手がセレナの足の先から上に向かって這《は》い、スカートの中に入り込んでくる。

「……んん……！」

太ももを撫《な》で上げ、質素なドロワーズがレオンスの前に晒《さら》された。

「あ、あの……恥ずかしい……」

足を閉じたいが、セレナの足の間にはレオンスが身体を割り込ませているから叶わない。

真っ赤になって恥じらうセレナを見て、レオンスは目を細めた。

そんな彼の表情を見るだけで、ますます身体が熱くなる。

会って間もない相手とたちまち恋に落ち、そして身体を重ねようとしている――この急な展開に、セレナ自身も戸惑っていた。

そして、きっとここから先は、聖女として固く禁じられた行為だ。

もっと言えば、レオンスを好きだと思うことすら、自分には許されてはいない。

掟《おきて》を破る恐ろしさはもちろんだが、祖母やアリューシアなどの大切な人を裏切っているような罪悪感もある。

いけないことをしているのは、嫌というほど痛感していた。

(なのに……)

「駄目」という言葉が口にできないのはなぜだろう。

それに、未知の体験に身体はひどく緊張しているけれど、不思議と、こうやって二人でいることがごく自然なことに思えてしまうのだ。

レオンスがセレナを見下ろしながら、彼女の右足をそっと持ち上げた。

「レオンス様……？」

「恥じらう君は可愛いからこのままずっと見ていたいくらいだが、痛みで泣かせたくはない。足首を少し噛ませてもらうよ」

「え……噛まれたら、何か起きるのですか？」

セレナは首を傾《かし》げる。

足首を見ると噛み付きたくなる、と彼は言っていたが、噛まれた自分にも何か影響があるのだろうか。

「驚くだろうが、俺が噛み付くと相手の身体に催淫《さいいん》効果が表れるらしい。だから、恐怖や痛みが和らぐはずだ」

そう告げた刹那《せつな》――レオンスは、カプリとセレナの足首に噛み付いた。

刺さる歯の感覚に、セレナの身体がびくりと跳ねる。足首に着けているアンクレットも、シャラ、と微《かす》かな音を立てて動く。

痛みを感じたのは一瞬だけだった。

「あっ……あ……」

足首からせり上がり、瞬《また》く間に全身に回った疼《うず》きに、セレナは思わず自身を強く抱く。

「レ、レオンス様……これは、一体……!?」

足首から口を離したレオンスと、視線が絡まり合う。

灰色であったはずの彼の瞳は、赤く色付き、妖《あや》しい輝きを放っていた。

「レオンス様……！　――っあん！」

自分の身体に起きている変化にセレナは不安を覚えたが、噛み付いた部分を癒《いや》すようにレオンスが舐《な》めたことで、そこから流れてくる甘い痺《しび》れに浸ってしまう。

「はっ……！　あっ……！」

舐《な》められている場所だけではない。レオンスの指が触れている部分も、自分の手の感触にも、感じてしまう。

慌てて手を離すが――その時に生じる僅《わず》かな衣擦《きぬず》れの音さえ甘く身体に響いて、声を上げてしまった。

「あ、あ、……レオンス、様……！」

レオンスは、わななくセレナを少し驚いた様子でそっと抱き締めた。

「……っ!!」

だが、それさえも今のセレナにとっては性的な刺激となってしまい、彼の腕の中で必死に疼《うず》きに耐える。

「すまない、セレナ。これほど敏感に反応するとは思っていなかった。手加減はしたつもりだったのだが……」

セレナを抱き締める彼の体温から、後悔の念が流れてくる気がした。

「レオンス様……私なら、大丈夫です……レオンス様を、信じています。お慕《した》いしていますから……」

「セレナ……！」

自分の名を呼ぶレオンスの声すら心地いい。

セレナは幸福感に包まれた。

ゆっくりと一枚一枚、レオンスがセレナの服を脱がせていく。

「ああ……」

露《あらわ》になった上半身に、レオンスが口付けていく。首筋に、鎖骨に――なだらかに盛り上がる胸に。

優しくて柔らかで、官能的に動くレオンスの唇は、胸を揉む力強い手の動きとは対照的だった。

「あ、あっ……ん……」

快感に翻弄《ほんろう》されて恥ずかしさに頬を染めるセレナの姿を、レオンスは嬉しそうに見つめた。

「セレナ……」

少し嗄《か》れた声でセレナを呼んだ。

左の胸の先に唇を寄せ、尖《とが》ったそこを口に含む。まるで身体の渇きを潤《うるお》すようにレオンスの舌がねっとりと絡み、セレナの快感をさらに高めた。

「あっ……！　うぅ……ん！　そんなっ……！」

まだこの行為は始まったばかりなのに、最初からこんなに弄《いじ》られて、感じさせられて——最後に自分はどうなってしまうんだろう？

そう考えると少し怖くなって身を捩《よじ》るけれど、レオンスが上に覆《おお》い被《かぶ》さっているから逃げることはできない。

「はっ……！　ああっ……！」

もう片方の胸も同じように口で愛撫される。先に快感を与えられた左胸の突起は、指で挟まれて擦《こす》られた。

異なる刺激に、セレナは呼吸もままならなくなってくる。

「レオンス……さ、ま！　わ、私……！　もう……！」

「もう駄目？　まだ、始まったばかりだというのに……？」

「だって……！　これ以上続けたら……私、息ができなくて死にそう……！」

クス、とレオンスは笑うと、手早く自分の上衣《じょうい》を脱ぐ。

鍛《きた》え上げられた身体は男らしくて、セレナにはとても眩《まぶ》しく見えた。

(同じ騎士でも、女性のアリューシアとは全然違う……)

「どうした？　異性の身体が珍しいかい？」

「あ……その……」

凝視《ぎょうし》していた自分に気付き、恥ずかしくなって目をそらす。はしたないと思われてしまったらどうしよう。

「呼吸は大丈夫なようだね。――苦しいと言われても、もう俺は止まれそうにないから」

精悍《せいかん》な顔立ちのレオンスに、欲情の色が見える――その艶《つや》やかな色気にセレナは釘付けになった。

レオンスの顔が近付く。

「できる限り、優しくする。――だから、俺に任せてくれ」

「……はい。レオンス様を、信じています」

セレナの言葉にレオンスが破顔する。

そしてすぐにまたレオンスの唇が重なり、セレナは目を閉じた。

互いに熱い息を吐き出す中、レオンスの片腕が下のほうへと動く。

彼はセレナの下腹部を撫《な》で、ゆっくりとドロワーズの腰紐を外した。そして緩くなったそこに、躊躇《ためら》いなく手を侵入させる。

「――っあ！　レオンス様、そこは……！」

止める間もなく、彼の指は奥深くに入っていく。秘所を隠す繁みをなぞられてセレナは混乱した。

ギュッと彼の腕を掴み、首を振る。

「レオンス様、駄目……！　そこは不浄な場所ですから……！」

「汚いことなんてない。セレナはどこも美しくて清らかだよ」

「っ――」

真剣な顔で言われて、セレナは言葉を失う。どうしようもなく恥ずかしいことをされているのに、彼の言葉だけで全てを受け入れたくなってしまう。

レオンスはふっと微笑んだ後、割れ目を軽く撫《な》でた。

「あっ」

くすぐったさに足を必死で閉じようとしたが、レオンスがそれを許してくれない。

「レオ……ンス、様……！　――あっ！」

隠れていた秘芽を彼の指が探り当て、愛《め》でるように撫《な》でる。そこをピンと弾かれるたび、セレナは腰を浮かせた。

「ひゃあっ……！　はぁっ、あ！　い、いやあ……っ！」

初めて呼び起こされる性感に、セレナは戸惑い、逃げようと身体を捩《よじ》る。

痛みをちっとも感じないのは、レオンスに足首を噛まれたからだろうか。

「セレナ、君の身体の中も感じ出しているようだ。聞いてごらん」

「え……？」

(何を聞くの？)

疑問に思い、ぼんやりとしたままレオンスを見つめた瞬間、秘裂の奥へと指が押し込まれた。

「あっ！　い、いやあ……ん！」

自分の身体が中から彼の指を圧迫しているのを感じて、セレナは大きく声を上げた。

「やはり、まだ狭いな。痛むか……？」

レオンスが不安そうに尋ねてきたので、慌てて首を振る。

「ビックリ、して……。あの、レオンス様、聞いてごらんって、何を……？」

「この音だよ」

指が引き抜かれ、異物感がなくなった、と思った瞬間にまた強く押し込まれる。抜き差しによって生まれる水音に、セレナは驚いた。

秘芽を弄《いじ》られる感覚とはまた違った甘い快感に、知らず腰が跳ねる。

「……っあ！　いや……ん……！　そんな音、どうして……！」

「感じているからだよ。セレナの身体が俺を受け入れる準備をしているからだ。恥ずかしいことじゃない。嬉しいよ」

「い、いやああ……んん……」

レオンスの指の動きが速度を増し、ますます大きな音を立てる。

クチュクチュと鼓膜に響く水音は、自分の身体が彼を欲している証拠なのだ。そう思うと耳を塞《ふさ》ぎたくなる。

「レオンス……様、私、こんな……自分が、淫乱《いんらん》……なんて、知らなくて……ごめんなさ……

い……」

こんな淫《みだ》らな音を奏《かな》でて、レオンスを求めてしまうなんて……

「セレナ……。可愛い人だ。身体がこんなにも反応するのは、俺が君の足首を噛んだせいだよ。謝る必要なんてない」

「そうなんですか……？」

「ああ。それに、君に感じてもらえて俺は嬉しい」

レオンスが喜びを隠しきれない様子で強く頷《うなず》き、セレナのあらゆる場所に口付けを落とす。

「これでいいんですね……？」

嬉しさにセレナは泣き笑いしながら、彼の肩に腕を回した。

再び唇が合わさり、熱を移し合う。

「――っん！」

とその時、鈍《にぶ》い痛みを覚えた。レオンスが彼の指を増やしたのだ。

丹念に中を探る指が、ますますセレナの中を潤《うるお》し、湧水《わきみず》のように蜜が溢《あふ》れていく。

「セレナの中は温かいな……早く入りたくなる……」

そんなに、自分の中は温かいのだろうか？

「私は、レオンス様を満足させることができるでしょうか？」

不安になり聞いてしまう。

「……きっと、できるよ」

――試してみる？

くぐもった彼の声は魅力に溢《あふ》れていて、お腹が熱くなる。求められる淫楽にセレナは恥じらったまま頷《うなず》く。

ドロワーズがレオンスの手によってゆっくりと下ろされ、床に落ちた。

セレナの裸体には、シミ一つない。その姿を見たレオンスの下半身は一気に熱くなり、硬度を増したようだった。

彼も自分の衣服を全て取り払い、セレナの身体をそっと抱き締めた。

「……温かいです、とっても……。人の体温って、気持ちがいいですね……」

「ああ、そうだな。好きな相手なら特にそう思う」

「はい」

レオンスの身体がセレナの足を開かせて、秘所を探り当てる。

彼が指でほぐしたそこは、しっとりと潤《うるお》っていて、レオンスの熱く滾《たぎ》ったものを受け入れてくれそうだ。

「……痛かったらすまない」

「大丈夫です……だって、レオンス様が、私を噛んでくれたでしょう？」

レオンスがフッと笑いかける。

その慈愛《じあい》に満ちた笑顔に、セレナも目を細めた。

「――ああっ！」

レオンスがセレナの腰を引き寄せ、秘唇を割ってその中に入り込んできた。ズンッ、と一気に突き抜けた反動で、セレナの背中が反り返る。

「くっ……！」

レオンスが表情を歪《ゆが》めたまま、動きを止める。

「レオンス様……苦しい、ですか？」

自分が、彼のものをぎゅっと締め付けているのがわかる。そのせいで辛いのだろうか。セレナは今までにない異物感に耐えながら、レオンスの頬をそっと撫《な》でた。

「大丈夫だ。セレナ、君は？」

「私も平気です……」

「もう少し……我慢してくれ……」

ミシッと身体の中が軋《きし》む音がして、熱い楔《くさび》が最奥へと進んでいく。

セレナは歯を食いしばって必死に受け止めようとした。

(身体が裂けてしまいそう……！)

だが、自分の痛みよりも、レオンスが辛そうな表情をしていることのほうが気掛かりだった。

「はあっ……」

レオンスが息を吐き出して、セレナの背中に腕を回す。

「動くよ」

はい、とセレナが返事をするより早く、彼が律動を始めた。

「――あっ！　あ、あ、あ……っ！」

指とは比べ物にならないその刺激に、セレナはただ悶《もだ》えた。

奥を突かれるたび、脳天まで甘い痺《しび》れが突き抜けてセレナを翻弄《ほんろう》する。

「はっ……ひっ、……い、……ん！」

言葉にならない言葉を発しながら、レオンスがセレナの内壁を擦《こす》ることで生まれる快楽を受け入れた。

「熱い……！　セレナの中は、とても……！」

「レ……オン、ス……さまぁ……！」

何度も抽挿《ちゅうそう》を繰り返す楔《くさび》は、セレナを快感の高みへ導いていく。

「あ……、い……ぃ……」

中を往復されるだけでこんな不思議な快感に導かれるなんて――

セレナには考えも及ばないことだった。

レオンスはセレナの片足を持ち上げ、自分の肩にかけた。ぐっと身体を押し込み、繋《つな》がった部分を密着させる。

結合した根元から溢《あふ》れる蜜の音は大きくなるばかりで、セレナは聴覚さえも犯された気分になった。

「はぁ……、ぁあ……！」

自分の中を行き来する楔《くさび》が、ますます愉悦《ゆえつ》を高める。腹に溜まった熱がフワリと全身を駆け巡るのを感じた。

「――んっ！」

「セレ、ナ……！」

レオンスに名前を呼ばれると同時に、身体の中にある彼の楔《くさび》が、ドクンと熱いものを弾けさせた。

「はあっ……、セレナ……」

レオンスの端整な顔に、汗が伝う。それがセレナの胸元にポツンと落ちた。どうしてかとても嬉しい。

セレナはレオンスの頬に触れて、汗に濡《ぬ》れた髪を後ろに流した。呼吸を整えたレオンスは、嬉しそうにセレナのなすがままにされていた。

しばらくして、レオンスがそっとセレナから身体を離す。

密着していた熱を失い、少し寂しいと感じたセレナだったが、彼はすぐにセレナの隣に寝転んで腕枕をしてくれたから、そんな感情もたちまち吹き飛んだ。

「……早速《さっそく》、君のご両親にご挨拶《あいさつ》に伺《うかが》わないとな」

ポツリとレオンスが呟《つぶや》く。

どこか照れたような言い方だが、真剣に自分のことを思ってくれているのがわかって嬉しくなる。

そして、小さく胸が痛んだ。

「実は私、親がいないんです」

「えっ？」

驚くレオンスに、セレナは自分の出自について話し始めた。

「母は私を産んですぐに亡くなったと聞かされました。父については、顔も名前もわかりません。何か事情があったらしくて、母は相手が誰かを打ち明けずに出産したんです」

「そうだったのか……。では、君を育ててくれたのは？」

「亡くなった母の母親――私にとっての祖母です。クス村の教会で、神父様のお世話になりながら二人で暮らしてきました」

レオンスが、腕枕をしてくれているほうの手でセレナの頭を撫《な》でる。

「きっと、君と同じように素晴らしい女性なんだろうな。ぜひ、会いたいね」

「ふふ。ちょっと頑固ですけど、かっこよくて、素敵なお祖母《ばあ》様なんです。今、少し体調を崩していて……」

そこまで言ってから、セレナは跳ね起きた。

「いけない！　お祖母《ばあ》様にジャムを作ると約束していたんです」

セレナがここにいる事情は祖母にも伝わっているはずだが、少しでも早く戻ったほうがいいだろう。シーツを身体に巻き付けて、急いで寝台から下りる。

「送っていくよ」

レオンスは微笑みながら、セレナの背中を追った。

†††

セレナがレオンスと共にクス村に到着すると、レオンスの姿が物珍しいのか、何人かの村人が集まってきた。丁寧に挨拶《あいさつ》して先に進んでいくセレナ達のもとに、二人の人物が駆け寄ってくる。

一人はレオンスの従者ブランデル。そして、亜麻色の髪を振り乱しながら走ってきたもう一人は、セレナの護衛を務める女騎士アリューシアだ。右目に泣き黒子《ぼくろ》があり、それが彼女をより色っぽくしているとセレナは感じていた。

「セレナ様！」

「アリューシア！」

アリューシアは、心から安堵したという表情を見せている。セレナは笑顔で彼女に抱き付いた。

「よかった……！　足のお怪我は大丈夫なのですか？」

「平気よ。レオンス様が手当てをしてくださったの。アリューシアからもぜひお礼を言ってね」

セレナは後ろに立つレオンスのほうを振り返り、にこりと笑う。アリューシアについては、帰路でレオンスに説明を済ませてあった。

アリューシアがレオンスに向き合い、頭を下げる。

「レオンス・ド・クレッシュ殿。このたびのご厚意に、深くお礼を申し上げます。私は、セレナ様の護衛を務めているアリューシア・エヌマと申します」

姿勢を戻したアリューシアが手を差し出し、レオンスと握手を交わす。

「俺のことをご存じだったのですか？」

「先にこちらに来てくださった従者のブランデル様から色々とお話を伺《うかが》いました」

レオンスは「そうでしたか」と言った後で、ブランデルのほうを見た。

「ブランデル。話をしておいてくれたのはありがたいが、少し長居しすぎじゃないか。ここに来る道の途中で、戻ってくるお前とすれ違うことになるとばかり思っていたのに。ご迷惑をおかけしていないだろうな」

「大丈夫だって。会話も結構盛り上がっていたんだぜ」

どうだかな、とレオンスは少し呆れた様子を見せた。

アリューシアが「失礼します」と軽く頭を下げ、セレナの背中にそっと手を当て、家の中に入るよう促《うなが》した。

「セレナ様、お祖母《ばあ》様が心配されています。参りましょう」

「わかったわ。ねえ、アリューシア。レオンス様にもご一緒していただこうと思うの」

アリューシアは一瞬、片眉を上げて怪訝《けげん》な顔をしたが了承してくれた。

セレナの住まいは教会の横に建てられた、こざっぱりとした木造の建物だった。丸太を交互に重ね、隙間風が入らないよう工夫されている。食堂兼居間と台所に風呂、それからアリューシアと祖母の寝室が一つずつ。屋根裏部屋はセレナ専用になっている。

アリューシアとセレナは、レオンスを祖母の部屋に案内した。

クス村へ戻る道中で、セレナは自らの生い立ちや聖女として持っている力、クス村で暮らす理由などを詳細にレオンスに説明しておいた。彼はそれを聞いた上で、セレナの祖母に自分達の関係をきちんと報告しよう、と言ってくれた。だが、相変わらず祖母の体調は優《すぐ》れない様子だ。

彼はそれを見て、あまり刺激的な話をするべきではないと瞬時に判断したらしい。「今度にしよう」と小声でセレナに告げ、簡単な挨拶《あいさつ》だけにとどめた。

もう少し一緒にいたいと思ったセレナだが、レオンスの「すぐに手紙を送るから」という言葉を信じ、彼を見送ったのだった。

2　レオンス、悩む

セレナと出会った二日後、レオンスは国王から呼び出しを受け、国王の住まいである獅子宮《ししきゅう》へブランデルと共に向かっていた。

今日は王宮で舞踏会が開催されているのだが、獅子宮《ししきゅう》に向かうためには、その会場となっている広間を通らねばならない。

「まあ……レオンス様よ！」

王宮舞踏会に久々に現れた銀髪《ぎんぱつ》の貴公子に、女性の招待客達は一斉にざわめき出し、目で彼を追う。

緩めに結《ゆ》った銀の髪は、凍った水面に月の光が反射したように輝き、肩で揺れる。憂《うれ》いを湛《たた》えた灰色の瞳は、髪と同じ銀色の睫毛《まつげ》に隠されていたが、それがかえって艶《つや》やかな色気を醸《かも》し出す結果となっていた。

軍の要職に就いている者らしく、機敏《きびん》で早い歩み。ドレスをまとい踵《かかと》の高い靴を履《は》いている女性達は追いかけていくこともできず、いつも目で追うだけだ。

レオンスに振り向いてもらうため、女性達の中には、行動に出る者もいる。

わざとレオンスの前に扇《おうぎ》を落としてみたり、気分の悪いふりをしてよろけてみたり。あるいは、シャンパンをこぼして、謝罪ついでに話をするきっかけを探してみたり。だが、そうした努力が実を結ぶことはなく、いつも隣にいるブランデルが相手役をさせられる。それでも、独身女性達は決して諦めることなく、今日もレオンスへと熱い視線を送っているのだった。

「レオンス」

呼びかけられたレオンスは足を止め、声のするほうをブランデルと共に振り返った。

そこにいたのは、バスチェルク王国第二王子、エルナンドであった。

「エルナンド王子」

レオンスとブランデルは、恭《うやうや》しく頭《こうべ》を垂らす。

まだ十四歳と年若いエルナンドは、少年らしい弾けるような笑顔でレオンスに近付いていく。癖のある金髪を揺らして、青紫色の瞳で無邪気にレオンスを見上げた。

「元気そうだね、レオンス」

「ありがとうございます。王のご配慮のおかげで、ゆっくり休むことができました」

「父上の所に行くのかい？」

「はい。お借りしていた別荘の件で、報告がありますので」

「そうか――では、終わったら僕の話相手をしておくれ。舞踏会は正直、退屈なんだ」

最後の言葉を囁《ささや》くように言う所を見るに、周囲から注目されていることに気付いているらしい。

王子が「退屈」だなんて大きな声で本音を言ってしまったら、この場の雰囲気を壊すと充分に理解しているのだろう。

レオンスが頷《うなず》くと、エルナンドは「約束だよ」と言ってレオンスの腕をポンと軽く叩き、群衆の中に戻っていった。

「可愛らしい方だな、王子は」

「……」

「レオンス？」

ブランデルは、レオンスが返事もせずにエルナンドの姿を目で追うのを見て呟《つぶや》く。

「男色《だんしょく》に目覚めたか……」

「違う！　似ているなと、思っただけだ」

「誰に？」

「いや、何でもない……」

ブランデルの突っ込みには慣れているレオンスだが、彼の前でその名前を口に出すのは憚《はばか》られた。

（エルナンド王子の姿に、セレナを重ねるなんてな……）

レオンスの様子に、ブランデルは首を捻《ひね》る。

「反応が薄いな。それに冷たい」

「考え事をしていた」

その内容に、ブランデルは思い当たる節《ふし》があったようだ。

「セレナ嬢とは、あれから連絡を取っているのか？」

小声で聞いたが、それでもレオンスは「声を落とせ」と顔をしかめた。

「昨日、手紙をしたためて届けてもらった」

「まさか、あんな小さな村に聖女様がいるとはな」

舞踏会が行われている広間を後にし、しばらくの間、王宮内の長い廊下を黙って歩く。

向かっているのは国王の私室だ。

「王から呼び出されて出向いていくわけだが――まさか、お前とセレナ嬢のことが王の耳に入ったのかな」

ブランデルの呟《つぶや》きに、レオンスは「いや」と首を振った。

「セレナとは一昨日出会ったばかりだぞ。いくら何でも早すぎる。それに、俺と彼女のことが露見《ろけん》したらまず、王ではなく教皇から怒濤《どとう》の連絡が来るだろう」

聖女に関する事柄については、教会が管轄《かんかつ》している。

「しかし、今の時代の聖女ってのは、地味だよな」

「――どういう意味だ？」

いきなり立ち止まったレオンスに灰色の瞳で鋭く睨《にら》み付けられ、ブランデルは慌てて首を振る。

「セレナ嬢の容姿が、って意味じゃない！　聖女ってのは、幼い頃から教会側が大々的に宣伝してさ、祭典やら儀式やらには必ずいるものだという印象が強いだろう？　それに比べたらひっそりと暮らしているなってことだよ」

「それについては、事情を聞いてある。セレナの母親は、彼女を産んですぐに亡くなってしまったらしい。父親もわからないそうだ。中央教会の遣《つか》いがセレナを引き取りにやってきたこともあったんだが、彼女の祖母が抵抗したのもあって、クス村の教会で彼女の面倒を見ることになったんだ」

へえ、とブランデルが言う。

「それで、今まで目立たずに暮らしてきたというわけか」

「……そうだ。そして、恋愛も結婚も許されない身の上の彼女に、俺が手を出してしまった」

レオンスの瞳に戸惑いの色が浮かんだ。その意味がわかり、ブランデルも首を傾《かし》げる。

「どうするんだ？」

「正直に、王と教皇に報告するつもりだ」

「……大きな騒ぎになるぞ、きっと。お前もただでは済まないかもしれない」

「覚悟の上だ」

ブランデルは小さく息を吐いた。

「お前なら、何も聖女じゃなくたって女はいくらでも寄ってくるだろう」

「セレナのように純情可憐《じゅんじょうかれん》で、内面から輝きを放つ女性は他にいない」

レオンスは真剣な表情でブランデルに断言した。

ブランデルはニヤリと笑みを浮かべて言う。

「足首も美しかったしな？」

「……お前、俺をからかって楽しんでるだろう」

レオンスが女性の美しい足首を見ると欲情して噛み付きたくなることは、ブランデルも小さい頃から把握していた。

ヴァンパイア一族の後継者はその特徴として、女性の身体の一部に反応し、噛み付く習性があるのだ。レオンスの場合は「足首」に反応する。

ブランデルは「お前みたいな美丈夫《びじょうふ》に足首を噛まれるなら、どんな女も本望だろう」と言うけれど、性癖とも言えるこの反応について、レオンス本人は少し気にしていた。

ブランデルがレオンスの肩を叩く。

「怒るなって。レオンス、お前がセレナ嬢に本気で惚れたと言うなら、応援するつもりだ。いや、応援させてほしい」

「ありがとう」

「何とかなるさ、きっと」

ブランデルの励ましはある意味、的を射ていた。セレナとの関係を認めてもらうには、自分が動いて何とかするしかないのだから。

（クス村で待ってくれている、セレナのためにも）

決意を新たに、レオンスは国王の部屋へと急いだ。

「レオンス・ド・クレッシュ、参上しました」

「入りなさい」

部屋の中から、情の深さを感じさせる低音が返ってきた。国王専属の侍女によって、静かに扉が開かれる。

ブランデルは外で待つ姿勢を取ったが、国王から「ブランデルも入りなさい。信用に足る」と、声をかけられ、レオンスの斜め後ろについた。

国王は丁度、舞踏会に参加するための身仕度を終えた所だった。歳は四十代半ば。目尻や口元には皺《しわ》が見て取れるものの、美貌《びぼう》の持ち主で、若い頃はさぞや多くの女性達を虜《とりこ》にしたことだろう。その姿は未だに衰《おとろ》え知らずである。

白髪も交じる金髪を緩く後ろに流してあり、こざっぱりとまとめている。瞳の色は青紫色だ。

(セレナの瞳も、青紫色だった)

国王の息子であるエルナンド王子も、しっかりとその瞳の色を受け継いでいる。青紫色の瞳は直系の王族に出るものなのだと、昔、小耳に挟んだ記憶があるが――

まさかな、とレオンスが心の中で呟《つぶや》いていると、国王が声をかけた。

「別荘の様子はどうだった？　傷《いた》んでいる箇所はあったかね？」

「いえ、特に問題はなく、綺麗なものでした。必要があれば修繕するようにと王は私に命じられましたが、定期的に手入れをされていたように感じました」

レオンスの言葉に、国王は悪戯《いたずら》な笑みを浮かべた。

「こうでもしないと、君はゆっくり休暇を取ることなどしないだろう？」

「やはり、私を休ませるためにあの別荘に滞在しろとおっしゃったのですね」

レオンスも国王の本当の目的に薄々気付いていたのだが、改めて聞かされ苦笑する。

「王の世代になってから、この国の情勢は安定しております。私もさほど身体を酷使《こくし》しておりません。毎日、銀狼宮《ぎんろうきゅう》に帰って寝られれば充分です」

「君はよくても君の部下達はどうだ？　生真面目《きまじめ》な君に遠慮して休暇を取りづらいだろう？　それに皆、君の体調を案じていたからね。働き過ぎだといくら言っても聞く耳を持たないから、私の命《めい》であれば受け入れるだろうと泣き付かれたのだよ」

「ヴァンパイアの血を引く者は、普通の人間と違って体力があるから気にすることなどないのに……」

レオンスがため息をつく。そこにはどこか、部下の労《いたわ》りに気恥ずかしさを感じている様子があった。

「私も、君が優秀で頼れる人物だから、つい甘えていた部分も大きかったと反省しているんだ。今は君がこの国の軍事全般を仕切ってくれているけれど、その負担を抑えるためにも、少し体制を変えようと思っている」

「そうですね……さすがに私だけでは、辺境の土地についてまで管理するのは難しいと思っておりました」

バスチェルク王国の軍事を一手に担《にな》っているレオンスは、王宮の警備を担当する部隊や地域の治安を維持する警察隊、他国からの侵略を阻止する軍隊など、組織を細かく分けて、国防をきめ細かに管理したいと考えている所だった。

「ところで――今日は舞踏会の日でもあるわけだが、君の結婚を心配する声も部下達から聞こえているよ。心に決めた人はいるのかね？」

「それは……」

国王の問いにレオンスは言葉を詰まらせた。

自らセレナとのことを相談するつもりでいたはずなのに、言葉が出ない。

温厚で心が広く、誰に対しても情け深い国王をレオンスは尊敬していた。

自分がこの代の国王に仕えることができてよかったと、日々神に感謝している。

それは宮殿で働く他の者達も同じであった。

尊敬する国王を悲しませることはしたくない。

黙り込むレオンスを見て、国王は何かを悟《さと》ったのか、棚から葡萄酒《ぶどうしゅ》とグラスを持ってきて注《つ》いだ。

「まあ、一杯」

そう言って、グラスをレオンスとブランデルに渡す。

濃厚な味わいを想像させるビーフ・ブラッド色の酒からは芳醇《ほうじゅん》な香りが立ち、レオンスはそれに誘われるように口をつけた。

「美味《うま》い酒です。産地はどこですか？」

「アズベール地方のものだよ。山の麓《ふもと》にクス村があるだろう。あの村は、なかなか質のいい葡萄酒《ぶどうしゅ》を生産している」

予期せずクス村という言葉が国王の口から出て、レオンスは内心ヒヤリとしていた。ブランデルもレオンスの様子を窺《うかが》うように視線を送る。

「そうでしたか。知識不足で申し訳ありません、普段はスコッチをたしなむので……」

ああ、そうだったね、と国王が軽く声を出し笑う。それから視線を落とし、葡萄酒《ぶどうしゅ》を眺めたままポツリと口に出した。

「私は、亡き妻と結婚する前に、クス村で恋に落ちたことがある」

「……え？」

レオンスは驚いて王の顔を見つめるが、王は知ってか知らずか、その視線から逃れたまま、グラスの中の葡萄酒《ぶどうしゅ》を見つめる。

三年前に病《やまい》で亡くなったナタリア王妃と国王の仲が非常に良好であったことは、国中に知られている。だからこそ、国王は後妻を取らずにいるのだが――

「もう二十年近く昔の話だよ。ナタリアと婚約をする前のことだ。休暇であの別荘を利用して……近くにクス村があるだろう？　そこで一人の娘と出会ったんだ。とても気立てがよく、そして美しい女性だった。時間を見つけては彼女に会いに行ったよ。だが——どこからか圧力がかかったのだろう。ある日突然、『もう会わない』と、たどたどしい文字で書かれた手紙が送られてきたんだ。それから私も結婚をした。ナタリアとの仲も決して悪くはなかった。他国から嫁《とつ》いできて、一生懸命役目を果たしてくれた、素晴らしい妃《きさき》だった。だが……クス村のあの娘のことを、忘れたことがないのも事実だ」

そこまで言って、国王は大きく息をつく。心のつかえを吐き出すかのような様子だった。

レオンスが遠慮がちに問いかける。

「その女性の消息は……」

「ああ。私と別れた後、子供が産まれて、出産直後に亡くなったと聞いている。月齢からしてもしやと調査を入れたがね。色々と事情があって……」

国王は、一気にグラスの中の葡萄酒《ぶどうしゅ》を飲み干す。

「もしいつか君に好きな人ができた時は、事態が複雑になる前に行動を起こしたほうがいい。私のように後悔しないためにも」

レオンスに向かってそう話す国王は、どこか寂しげであった。

3　聖女との一夜

「もう少しでクス村だな……」

　セレナを助けた森が見えてきて、レオンスの心は逸《はや》る。

　王都から馬を走らせてどれくらい経《た》っただろうか。地平線を染めていた太陽の光は消えて、闇が広がっていた。

　レオンスが目指しているのは、クス村にある小さな教会――セレナの住《す》み処《か》だ。

　あれから彼女に何通か手紙を送ったのだが、一度も返ってくることはなかった。最初の手紙を送った日から、すでに十日が経《た》っている。

　連絡を返すことのできない事情があるのかと彼女の身を案じてはいたものの、仕事が立て込んだのもあって会いに行くことができずにいた。ブランデルに何度、「ほったらかしにしておいたら、愛想をつかされるぞ」とからかわれたことだろうか。

　音沙汰《おとさた》がなかった理由が判明したのは今日のことだ。自室で書類の整理をしていたレオンスのもとへ、ブランデルが慌てた様子で現れ、すぐに人払いをさせた。そして、セレナの祖母が亡くなったと口にしたのだ。

その報告に、レオンスも顔色を変えた。亡くなったのは八日前だという。きっと、葬儀の準備などに追われ、レオンスに返事を書くどころではなかったのだろう。

彼女の身の安全がわかってホッとしたのは束《つか》の間《ま》で、すぐに彼女の悲しみを思い胸が痛んだ。

「ブランデル、クス村に急ぐぞ！」

言うなり部屋を飛び出したレオンスの背に、ブランデルは「そうこなくちゃ」と声をかけてくれた。

——セレナのそばにいてやりたい。

普段は冷静なレオンスが、後先を考えずに行動した初めての出来事だった。

「ところでブランデル、なぜお前がセレナの情報を？」

一緒に馬を走らせているブランデルに、レオンスは疑問を投げかける。

ブランデルは情報収集の得意な男だが、レオンスから調査を頼んだわけではなかった。

「お前が仕事にかまけて何もしなかったから、心配してたんだよ。それで、彼女の護衛のアリューシアに聞いてみた、というわけさ」

アリューシア——セレナに出会った日、彼女を教会の前で出迎えた女騎士のことだ。

「あの女騎士と親しいのか？」

レオンスは怪訝《けげん》な顔で尋ねた。ブランデルとアリューシアが会ったのはあの日、一度きりだとばかり思っていた。

「まあね。彼女、代々聖女の護衛を務めてきた騎士の家系なんだとさ。セレナ嬢には可憐《かれん》という表現が似合うけど、彼女は強気な美女だな。あの、胸を突き刺すような鋭い眼差《まなざ》しがいいんだよ！」

「……昔から顔も性格も、きつめの美人が好きだよな、お前は」

男女問わず気さくに接する社交的なブランデルは、どうやらアリューシアとの仲をあっという間に進展させていたらしい。レオンスは少し呆れつつも、自分のために行動してくれたブランデルに心の中で感謝した。

「だが、聖女の護衛の一族なら、名門の出じゃないか。遊びじゃ済まないぞ」

「わかっております、クレッシュ家のご当主様。どうかお力添えを」

「……予期しなかった問題が増えた」

とにかく、今すべきは先を急いで、一刻も早くセレナに会うことだ。

「飛ばすぞ、ブランデル！」

レオンスは鞭《むち》を振るった。


そっと扉を開けて、レオンスは夜の教会に足を踏み入れた。辺《あた》りは静寂に包まれていて、物音一つしない。

礼拝堂には木製の大きな十字架が掲《かか》げられており、セレナはその真下で一心に祈りを捧げていた。

レオンスが入ってきたことに気付いていないらしい。黒衣を身に着けており、髪は服と同じように黒のレースで隠している。

彼女はピクリとも動かない。その背中を見て、レオンスはセレナがまるで自分そのものを罰しているような悲痛な空気を感じ取った。

カツ、とレオンスが足を進める音が響き、ようやくセレナが振り返る。

「アリューシア、ご用は済んだの？　早かっ……！」

レオンスの姿を認識すると、セレナは震えながら立ち上がった。

「セレナ」

「レオンス様……！」

こらえ切れない様子で、セレナは黒のベールを落とし、彼のもとに駆けていく。

レオンスも駆け寄り、彼女を抱き締めた。

「ごめんな……さいっ！　ごめんなさい……！　お手紙の返事を、出せなくて……！　何通も、もらっていたのに。でも、悲しくて……、お祖母《ばあ》様が亡くなって、私……！」

「いいんだ。今まで何も知らずに、のうのうと王都にいた俺が愚《おろ》かだったのだ」

もっと早くに探りを入れていれば、セレナのそばにいてやれたのに。

セレナと別れる直前、言葉を交わした彼女の祖母の姿を思い出す。

弱っている身体をどうにか起こして、挨拶《あいさつ》してくれた。瞳に宿る光の強さに、「きっと回復するだろう」と思っていたのに。

レオンスの腕の中で泣き震えるセレナから、深い悲しみが伝わってくるように思えた。たった一人しかいない身内が亡くなったのだ。言葉にならないほど辛いだろう。

レオンスは抱き締める力を強めながら口を開いた。

「セレナ、喪《も》が明けたら俺の所においで。共に暮らそう」

「……えっ？」

セレナは真っ赤になった目を大きく見開き、まさかという表情でレオンスを見上げた。

「喪《も》が明けたら、結婚するんだ。結婚して、二人仲睦《なかむつ》まじく暮らそう」

「レオンス様……。でも……私は、聖女だから……」

「聖女である前に、君は一人の女性だ。そして、俺の恋人だ」

涙で冷たくなった彼女の頬を、レオンスの両手が包む。

その温かさからレオンスの思いが伝わったのか、セレナは愛しげに自分の手を重ねた。

「でも、きっと教会は許してくれません。周囲の人達も……」

「ああ、すぐには難しいだろう。時間をかけてわかってもらうしかない」

「それでは、レオンス様に負担が……」

「何も心配しなくていい。これでも護国将軍を任されている身だ。教会は反対するだろうが、王は応援してくれるかもしれない」

そう言いながらレオンスは、国王が打ち明けてくれた過去の経験を思い出していた。許されぬ恋に苦しんだ国王なら、もしかしたら手を貸してくれるかもしれない。

「時間はかかっても、決して諦めない。一生反対され続けたとしても、君を愛することはやめないよ。もし君に何か被害が及ぶようなら、どこか違う国へ行ってもいいと思っている」

それはレオンスの決意の言葉だった。セレナは笑顔で答えた。

「レオンス様……。幸せです、私。レオンス様と二人なら怖いことなんて何もありません」

首に巻き付くように抱き付いてきたセレナを、レオンスは愛しげに抱き締め返す。

「お祖母様《ばあ》が、亡くなる前に、私に言ったんです。『あのレオンスという青年と思い合ってるんだね』って」

「お会いしたのはあんなに短い時間だったのに、わかってしまったのか？」

レオンスは驚いた。何という洞察力《どうさつ》だろう。

「お祖母様《ばあ》は、私とレオンス様が幸せになることを望んでくれました。『聖女という身分に囚《とら》われる必要なんてない。本当の気持ちを我慢し、一生教会に仕えなければならないなんて、それこそ神の意思に背《そむ》いていると思う。自由に生きなさい』と……」

「そうか……素晴らしい方だ。もっとお話ししたかった」

「私も、堂々とレオンス様をお祖母様《ばあ》に紹介したかったです……」

セレナの涙が引いた後、二人は礼拝堂から外へ出た。扉の横にはブランデルが立っていて、セレナはそこで初めて、彼もレオンスと一緒にやってきたのだと気付いた。セレナとレオンスが二人きりになれるよう、気を利かせて外で待っていてくれたのだと言う。アリューシアはいるかと尋ねられ、王都にある中央教会に行っていると告げると、ブランデルは彼女を追って馬を走らせていった。

ブランデルの姿が見えなくなった後で、セレナはレオンスを家の中に招き入れ、自室へと案内する。

「すみません、レオンス様の住まいと比べたらとても狭いでしょうから、恥ずかしいのですが……」

「そんなことはないよ。……セレナ」

寝台の縁に二人で横並びに座り、どちらからともなく口付けを交わす。

すぐに熱い繋《つな》がりに変わり、舌が絡み合い、ちゅく、と艶《つや》めいた音が響いた。

「……んっ」

セレナの丸い膨《ふく》らみがレオンスの手によって持ち上げられる。

青紫色の瞳を大きく見開いて驚くセレナに、レオンスは微笑んだ。

「嫌か……？」

「あ、あの……」

もちろん嫌ではないが、セレナにとってはまだ二度目。この行為に慣れているわけではないから、どう答えていいかわからない。

部屋を照らす月明かりが、レオンスを艶《つや》やかに染めていて、彼を見つめるセレナの身体を熱くさせる。恥じらうセレナに、レオンスは微笑んでからもう一度口付けた。

唇を重ね合わせながら、二つの膨《ふく》らみを掴み、大きく揺らす。

セレナの胸は、その華奢《きゃしゃ》な体躯《たいく》にしては大きめだった。ふるんと黒衣の下で跳ねて、セレナの感度を高めていく。

唇が離れた後、セレナは残った熱に押される形で口を開いた。

「いつまでも悲しんでいたらお祖母《ばあ》様が心配して、神様のもとへ行けません。それに……私も、レオンス様の体温を感じたいです……」

「そうか」

レオンスが嬉しそうに笑う。自分に向けてくれるその微笑みが好きだ。同じように幸せな気持ちになる。

「服を脱がないとな」

ワンピースの黒衣をレオンスがゆっくりと脱がせていき、セレナは下着姿となった。

「――あっ、レオンス様……」

セレナの左足を持ち上げ、レオンスはその足首をしげしげと見つめた。

「足の怪我はどうだ？　もう痛みはないか？」

「はい。レオンス様が手当てしてくださったおかげで、すぐに腫《は》れも引きましたし、後遺症もありません」

朗《ほが》らかに答えるセレナに、レオンスは安心したようだ。

そして、今度はセレナの右足首にある痣《あざ》の模様に注目する。

「処女でなくなっても、消えるわけではないのだな。模様もそのままのようだし。あれから、何か変わったことは？」

「いいえ、何も……」

「聖女としての力は？」

「……残っています」

セレナが、少々残念そうに答えた。

「聖女としての力が消えれば、レオンス様と一緒になることに何の障害もなくなるのに……」

「だけど、この間君を送っていく時に教えてくれた通り、歌声で小鳥や動物を呼び寄せることができるのも、聖女の力の一つなんだろう？」

「あ、はい……。あれは、森に一人で取り残されて、寂しくなってしまったから……」

「崖《がけ》から飛び下りる前にもセレナの姿が少し見えたんだが、小鳥達に囲まれている君はとても可愛かったな」

「そ、そんなことありません」

「本当だよ。こうして君に出会えて、とても幸せだと思ってる」

「……はい。私も、レオンス様に出会えて本当によかった」

あの日のことを思い出して、二人で笑い合う。

「今日も着けているけれど、このアンクレットは？　力を封印するものなのか？」

レオンスは、セレナの足首にかかっていたアンクレットを指で軽く引っ張ってみせた。銀のシンプルなデザインで、セレナによく似合っている。

「母の形見なんです。父からの贈り物らしくて……これだけは処分しないで取っておいたそうなんです」

「思い出深い品なんだろうな」

「私もそう思いました」

レオンスが、そっと足首の痣《あざ》に唇を落とす。

そのまま、脛《すね》やふくらはぎに口付けを落としていく。肌に微《かす》かに触れる唇の感触に、セレナの身体が粟立《あわだ》つ。

「はっ……」

レオンスの舌先が、痣《あざ》に沿って這《は》い始めた。

模様の上を、軽く力を加えながら、丁寧に舐《な》める。その柔らかな刺激に、セレナの腰が何度も浮き上がった。

「……っあ、う……ん、レオ、ンス、さ、ま……」

「感じる……？　ここも、セレナの敏感な場所なのかもな」

レオンスの声が低く掠《かす》れている。彼の顔を覗くと、瞳に赤い光が見えた。

「綺麗だ、本当に」

「——あっ！　レオンス様っ……！」

足首にチクリ、と細い針が刺さった感覚がして、セレナは驚いて足を引っ込める。

レオンスが、足首に噛み付いたのだ。

「すまない。痛くするつもりはなかったのだが……」

「私のほうこそ、ごめんなさい。少し驚いただけです」

足首を見てみると、噛み付かれたはずなのに出血もしていないし、噛まれた傷跡もない。痛みも一瞬だけだった。

——だが、身体には確実に変化が起きていた。

「はぁ……」

自分の吐く息が切ないほど熱い。体温が上昇し、下腹部が疼《うず》くのがわかった。

「やはり、一度経験すると、はっきり症状が出てしまうな」

初めてレオンスに抱かれた時と同じように、彼に噛み付かれたことでセレナの中に催淫《さいいん》効果が表れているのだ。

身体中が熱くなり、彼を求め、受け入れる準備をしているのだと感じた。

「あぁっ！」

下着を脱がされるだけで痺《しび》れが全身に広がり、心地よさに震える。

「あ、あ、……っ、いやっ……あ……ん」

レオンスが手のひらでセレナの乳房を撫《な》でる。触れるだけの柔らかな刺激なのに、身体を揺らしてしまう。

じん、と下腹部から秘所に向かって、何かが滲《にじ》み出していく。

初めての時も、こんな風に少しの刺激だけで甘い痺《しび》れが全身を駆け巡って、どうしていいかわからなかった。

今回は、さらに鮮明で強く感じる。

(レオンス様が言っていたように、一度経験したからなの?)

不安になったセレナは、レオンスの腕を掴んで訴えた。

「レオンス様……私、おかしいです……。お腹がジクジクして、下から何か溢《あふ》れてきて……」

「──ここから?」

「あぁ……ん!」

ドロワーズ越しに秘陰を擦《こす》られ、ピリッとした電流のような痺《しび》れを感じ、セレナは声を上げた。

鼻にかかった自分自身の声さえ、新たな刺激となる。

「ああ……セレナは可愛いね。もっと乱れても構わないよ」

ドロワーズの上から、レオンスが指で秘陰を捏《こ》ねる。

「あっ、あっ、……んあっ！」

レオンスは、指を布ごと奥へ押し込んだり、上下に動かしたりと、強弱をつけてセレナを翻弄《ほんろう》する。

「すごく濡《ぬ》れてきた。もう、下着はびしょ濡《ぬ》れだ」

「いっ……やぁあ……ん、言わない、で……！　脱がせて、ください……！」

「今日はずいぶん大胆なことを言うんだな」

セレナにとっては、数少ない下着を汚したくないという思いから口走った言葉だったが、レオンスを興奮させる材料になってしまったらしい。

レオンスは手早く自分の上衣《じょうい》を脱いでから、セレナのドロワーズに手をかける。アンクレットに気を付けながら脱がしてくれるその手つきは優しい。

やがて生まれたままの姿のセレナが、月明かりに照らされた。

「セレナの身体から出た愛液が、この繁みまで濡《ぬ》らして……」

「み、見ないで……！」

足を閉じて身体を横向きにし、セレナはレオンスの視界から逃れようとするが、すぐにレオンスがセレナの両足首を掴んだ。

「逃がさないよ」

「あっ……やっ……」

反抗は無意味だと言うように、レオンスは彼女の足に唇を近付け、口付けを繰り返す。

（この体勢……恥ずかしい……！）

右足は寝台に下ろされたが、左足は持ち上げられている。レオンスには、セレナの秘所が全て見えてしまっているはずだ。それだけでも恥ずかしいのに、レオンスはセレナの足を愛《め》でることに余念がない。

唇だけでなく、舌も使って足首や足の甲に甘い刺激を与えていく。

「はっ……、あっ……、レオンス様……」

くすぐったさが勝《まさ》っていたはずなのに、いつの間にか感覚が研《と》ぎ澄《す》まされ、その行為はひたすら快感を運んでくる。

（うそ……！）

下腹部がキュッと絞られるようになり、秘所からしとしとと絶え間なく甘い蜜が流れ出す。

「あ……ん、も……う、っ……」

シーツに肘を押し付けて刺激に耐えているつもりだが、快感が足から突き抜けていくたびに震えてしまう。

「セレナは、足が一番感じやすいのだろうな」

「んうっ……！」

持ち上げられている左足の親指を甘噛みされて、背中を反らした。舌先でちろちろと足の指を味見をするように舐《な》められて、ひくひくと身体が震える。

「あ、あ、いゃあ……、どうして、こんなに……、感じるの……！」

「右足も、同じくらい愛してやらないと」

左足が下ろされ、レオンスがセレナの右足に手をかけた。

「あっ……だ、だめ……！」

セレナは拒絶の声を上げたが、レオンスは動きを止めずに膝立ちの姿勢を取り、セレナの右足を高く持ち上げた。先程よりもいっそう、彼に恥ずかしい部分を見られてしまうと感じて、セレナは思わず両手で顔を覆《おお》った。

「レオンス様……」

自分を見下ろすレオンスを、指の隙間から切ない瞳で見上げる。

「恥ずかしい？」

無言で頷《うなず》くセレナにレオンスは満足げな笑みをよこした。

「すぐに恥ずかしいなんて感情は消えるから」

妖艶《ようえん》な彼の微笑みに、つい見惚《みと》れてしまう。そして次の瞬間には、ひときわ強い快感に、セレナの感情が押しやられた。

レオンスの指が躊躇《ためら》いもなく秘陰に侵入して、揺り動かされる。レオンスは指の律動を続けたまま、足首の痣《あざ》を中心に唇を這《は》わせ始めた。

「あ……っ！　あっ、あっ！　……っ！」

セレナの反応を窺《うかが》いながら、レオンスが中に入れる指の数を一本から二本に増やした。指の付け根まで無遠慮に入っては抜かれ、また入っては抜かれ――

レオンスの唇や舌が、食らい付くみたいに足を這《は》い、舐《な》めてくる。

体内から染みこむような痺《しび》れと、ぴりぴりと足にまとわりつく快感。二つの異なる甘い刺激に、セレナは身悶《みもだ》えした。

「あん……！　あっ！　んあ！　……はあ……ん！」

喘《あえ》ぐ自分の声と水音が重なって、頭がぼんやりしてくる。蜜はシーツとレオンスの指の両方を濡《ぬ》らし、しめやかに香った。

「こんなに甘く香る蜜を溢《あふ》れさせて……。シーツにくれてやるなど惜しいことだ」

「――えっ？　あの、レオンス様……!?」

右足を下ろされたと思った矢先に、セレナは両足を大きく開かされて慌てた。

露《あらわ》になった秘部の繁みに、レオンスが顔を近付ける。

「だめ、そこは……！　汚い、から！　やめてください……！」

レオンスの頭を払おうとしても、しっかりと太ももを押さえ付けられて、びくともしない。

「レオンスさ……きゃあ！」

指とは違う厚みのある何かが、セレナの薄紅色の花弁を探る。

花弁に沿ってぬるぬると動くのはレオンスの舌だった。セレナは今まで味わったことのない恥辱《ちじょく》と快楽を感じておののいた。

「レオンス……さ、まぁ……っ、だめ……ぇ！　あ、いぃ、やぁ……っあ！」

怖い、汚い、恥ずかしい――

だが、そんな感情はあっという間に消え失せた。

花弁を伝う彼の舌の動きが、次から次へと快楽を生んでいく。

「ここも――」

ぐぐもった声が聞こえ、「何だろう」とぼんやりした頭で考えたが、それも一瞬で終わった。

「はぁぁぁぁん……！」

隠されていた小さな秘芽を、集中的に指で擦《こす》られる。

「あっ……！　はぁあっ！　あ、あん！」

強い刺激に、セレナは腰を浮かせ悶《もだ》えた。

秘陰から滴《しずく》を溢《あふ》れさせるだけでなく、セレナの青紫色の瞳からも涙が零《こぼ》れた。

「痛むか？」

激しく反応するセレナを見て、レオンスが心配そうに声をかける。

「ちが……っ、うの……でも、刺激が……！」

「では、こちらの愛撫のほうがいいか」

涙を溜めて健気《けなげ》に答えるセレナに、レオンスは指を離して舌での愛撫に切り替えた。

「――はあっ！　……あぁ……！」

柔らかいのに芯は硬く、温かな滑《ぬめ》りがセレナの秘芽を舐《な》める。

レオンスの舌先で突かれ、捏《こ》ねて転がされ、花の蜜でも吸うように吸われて、あまりの恥ずかしさにセレナは必死で「どいて」とレオンスの頭に手を置いた。

だが、繰り返される愛撫のせいですでに息は上がっていて、力など入るはずもない。

「はぁ……、ぁあ……！　レオンス……さま、だめ……、おかしく、なる……！」

心臓が早鐘《はやがね》を打ち、今までにないくらいドキドキしている。

(私、死んじゃうの？)

ガクガクと身体が勝手に揺れて、自分で制御できない。

「あ、あ、ひぃ……ん……！」

口から心臓が飛び出そうだ。そんな初めての感覚が怖いのに、身体は嬉々としてそれを受け入れ、反応しているなんて。

「あっ……ん！　あ――！」

ビリビリと雷にでも打たれたような感覚が、身体を突き抜けた。

痛みではなく、甘い愉悦《ゆえつ》で――

「はぁ……う……、う、ふう……う」

がくがくと震えの止まらないセレナの足を、レオンスは愛しげに撫《な》で、治まるのを待つ。

「レオンス……様、私……どうしたの……ですか？」

ぼうっとしながらも、先程の自分の反応が何を意味するのか尋ねる。

「達したんだ。……嬉しいよ、セレナ」

レオンスは身体を起こし、ゆっくりとセレナの身体と重なった。

「……あ、ああ……ん」

ズチュリと水音を立てながら、レオンスがセレナの中へ熱を持った楔《くさび》を埋めた。

その圧迫に、またセレナの身体が快感に震える。

レオンスは、セレナの濡《ぬ》れた秘部の中をゆっくりと味わうように動く。

「気持ちいいか……？」

「……っは……」

――「はい」と答えるのを躊躇《ためら》った。

素直に言ってしまっていいのだろうか？

（気持ちがいいと言って、淫乱《いんらん》だとレオンス様に思われて嫌われたら……）

彼にガッカリされてしまうのだけは嫌だ。セレナは結局答えることができずに、ただ黙ってレオンスの腕に触れた。

「そうか、あまりよくないか――」

レオンスが残念そうな顔をしてみせた。別の意味で受け取られてしまったらしい。

「では、もっと感じてもらえるように頑張らないとな」

「レ、レオンス様、ちがっ……！」

悪戯《いたずら》めいた顔の彼を見て、セレナはレオンスをまた興奮させてしまったのだと気付いた。

「あっ……！」

両足を持ち上げられ、レオンスの肩に乗せられる。太腿《ふともも》が身体とくっつくほどに曲げられる。

膝立ちになったレオンスが、腰をぶつけ出した。

深く大きく動く彼の腰の動きに合わせて、セレナの身体の奥までレオンスの楔《くさび》が打ち付けられる。セレナの身体も揺れていた。

「はっ……あ！　……っ、う……ん！」

がつがつと奥まで抉《えぐ》ってくるレオンスのものは、熱くて硬く、その激しさに火傷《やけど》してしまいそうだ。

「あ、あん……あっ……！　いい……っ！」

抽挿《ちゅうそう》は速さと強さを増していき、さらに奥まで叩き付けられる。

秘陰の入口も、レオンスを奥へと導く隘路《あいろ》も、熱さの増した楔《くさび》に擦《こす》られて、絶え間なく続く愉悦《ゆえつ》に、セレナは身体を震わせた。

「セレナの中が、うねっていて……たまらない……！」

レオンスが絞り出すように言った。

「うねって……？」

「セレナの中が悦《よろこ》んでいるんだ。気持ちがいいって」

「そ、そんな……、そんなことって……」

身体が、自分の思いを反映しているなんて――

セレナは恥ずかしさにますます身を震わせる。

身体は、薔薇《ばら》のように赤く色付いていた。

レオンスはセレナの足を肩から下ろすと、そのまま両足首を掴み、舌で愛撫を始めた。

「――あっ……ん！　そこは、いやあぁ……！」

再び、足首に舌や唇が這《は》う。

ねっとりと伝うレオンスの舌は、いかがわしいのに魅力的で――

「痣《あざ》の部分に触れると、一番反応がいいな」

レオンスは僅《わず》かに口元を緩ませ、また舌をちろりと出して、聖女の証《あかし》である右足首の痣《あざ》を愛《め》でた。

その行為に、また秘部がきゅっと反応したのがわかる。

「くっ……また、締め付けて……。やはりセレナは、ここを弄《いじ》られるのが好きらしい」

「ちが……！　レオンス様の、意地悪……！」

足首が、こんなに感じるなんて。自分だけなのだろうか。

（でも……レオンス様は足首が好きな方だし……自分の性感帯がここでよかった）

恍惚《こうこつ》とした表情を見せながら、セレナの足を口で愛撫するレオンスの姿に愛しさが膨《ふく》らむ。

「俺は、セレナの全てが好きだよ。――ここもな」

ずんっ、と深く一突きされ、まだ自分の中に彼が入っていたことを思い知らされる。

すぐさま、レオンスが激しく律動する。

隘路《あいろ》を何度も擦《こす》られて、快感を高められていく。

国を護《まも》る将軍が、ヴァンパイアの血を引く彼が、ただの男として自分を悦《よろこ》ばせようとしてくれている。

それが嬉しくて誇らしくて、切ないほど幸せだ。

「あっ……ん！　ううん、はぁあっ……！」

ゾクゾクとした快感が、背中を通って全身を巡る。

それから逃れる術《すべ》を知らないセレナは、従順に全てを受け止めた。

止まらない快楽がひたすら声を上げさせる。

「気持ちいいか……？　セレナ」

「うっ……、ん！　いいっ！　気持ち……いい、の……っ」

「もっと欲しい……？」

「だ、だめ、です……！　おかしく……なる……！」

もう限界なの、とセレナの瞳から涙が溢《あふ》れる。

「すまない、君はまだ経験が乏《とぼ》しいのに、無理をさせて……。もう少しだけ我慢してくれ」

レオンスは、セレナの瞳から零《こぼ》れた滴《しずく》を舌で舐《な》め取る。

「……っはぁ……」

たったそれだけのことでも、身体が反応して快感に震えてしまう。

「俺を……君の身体に刻み付けよう、な……」

視線が絡み、欲情に輝くレオンスの瞳の奥を、セレナはじっと見つめる。

普段は灰色で冷静な印象を与えるが、今は燃えるような赤になっている。きっと欲情すると、ヴァンパイアの血が反応してそうなるのだろう。

魔物と人の戦いが終結して、人間界に溶け込んだヴァンパイア一族の血は薄くなり、ほとんどは人と変わらないと聞いているが、血が完全に消えたわけではない。その能力は受け継がれているのだ。

(でも……瞳の色が変わるなんて不思議)

ふと一瞬、足首の痣《あざ》が内側から熱くなったように感じて、セレナはそこを確認しようとした。しかし、レオンスの口付けに舌も意識も絡め取られてしまう。

「んん……」

口の中を、レオンスの舌が犯しにかかる。舌がねっとりと歯茎を伝い、セレナの舌を吸って絡み付く。

お互いの足の付け根はピタリと重なり、レオンスのものがぐちゅりと音を立てながらセレナの隘《あい》路《ろ》を抉《えぐ》っていた。

「んっんん……」

隘《あい》路《ろ》の奥に当たる彼の楔《くさび》は、突くたびに大きく膨《ふく》らんできている気がする。

レオンスに広げられていく中が、痛いほどの快楽に少しずつ、でも確実に慣れていく。

入口に咲く花弁がレオンスの楔《くさび》の根本に潰《つぶ》されて、刺激さえも快感に変わる。

セレナの熱い息も嬌声《きょうせい》も、吐き出されてはすぐにレオンスに呑み込まれていく。

「っ！　んんん……！」

ぐん、と強く腰を打ち付けられた。レオンスのものは破裂しそうなほどに膨《ふく》れ上がっていて、身体が裂けてしまうのではないかと思うほど激しい。

腰が砕けそうなのに、抽挿《ちゅうそう》を繰り返されて全身が快感に震えて歓喜している。

熱い。そう感じているのは、自分だけじゃない。

レオンスが吐き出す息も熱かった。重なって擦《こす》れるたくましい胸も熱い。

「んんっ！」

セレナの中で、熱いものが弾けた。セレナ自身も強い快感を覚えて、レオンスの背中に回していた手に力を込め、高みに達した。

「んっ……」

強い快楽に身体が追い付かなかったのか、それとも、祖母が亡くなってから、ずっと気を張って疲れていたせいだろうか。瞬《また》く間に瞼《まぶた》が落ちていく。

一つ、二つと額に落ちてくるレオンスの口付けに安心して、セレナは眠りに身を沈めた。

†　†　†

セレナとレオンスが眠りについている頃、セレナの護衛を務める女騎士アリューシアは、中央教会へと馬を走らせていた。セレナとレオンスの関係について、教皇に報告しに行くためだ。

女豹《めひょう》を想像させるしなやかな体躯《たいく》で馬にまたがるその姿は、美しき戦乙女《いくさおとめ》を想像させる。

淡い亜麻色の髪をなびかせ、引き結んだ唇は凛々《りり》しく、同性でも見惚《みと》れてしまう精悍《せいかん》さだ。

しかし、その表情は険《けわ》しく、眉間に皺《しわ》を寄せており、苦悩しているように見えた。アリューシアは聖女伝説に登場する騎士の末裔《まつえい》であり、十五歳の時からセレナの護衛を務めている。出会った時のセレナは五歳だった。

いずれは王都にある中央教会がセレナを引き取り、面倒を見る。

そう聞かされ、クス村でセレナとセレナの祖母の三人で一緒に暮らしてきた。

不満がなかったと言えば嘘になる。

由緒《ゆいしょ》正しき修道騎士の血を引く自分が、王都から離れて暮らすなど。

だが、聖女の護衛は同じ女性であるほうが望ましいから、と自分を推薦してもらった誇りもある。

それに、聖女であるセレナは自分を姉のように慕《した》ってくれているし、アリューシア自身もそんな彼女が可愛くて、実の妹みたいに思って接してきた。

だが最近、急にセレナの様子がおかしくなったのだ。塞《ふさ》ぎ込んでいたかと思えば、声をかけても気付かないままぼんやりとしたり。

まだ、祖母の死から立ち直れずにいるのだろう。

そう思ってなるべくそっとしていたのだが、今朝、突然セレナがアリューシアの前で「レオンス様に会いたい」と泣き出した。

たった一度、家まで送ってもらっただけの相手にどうして――

嫌な予感がしつつも尋ねてみたら、出会ったあの日にレオンスと結ばれたと、申し訳なさそうに打ち明けてきたのだった。

「レオンス・ド・クレッシュ……！　あのヴァンパイアめ……！　聖女に手を出すとは……！」

レオンスへの怒りはもちろんだが、それ以上に、セレナが聖女としての掟《おきて》を破ってしまったことのほうが問題だ。

神に選ばれ仕える立場である聖女は、生涯独身を貫《つらぬ》くことが求められ、恋愛も禁じられている。

それなのに、出会って間もない男と一線を越えてしまうなんて……！

育て方を間違えたのだろうか？　いや、セレナを育てたのはセレナの祖母だ。だからこそ心優しく純粋な女性になったのだ。では、自分がもっと厳しく彼女の行動を監視すべきだったか。

セレナを信頼しているがゆえに、馴れ合い過ぎ、油断していた部分もあったのかもしれない。

そもそも、セレナは歴代の聖女と比べて、特殊な環境で育っている。

本来であれば聖女は中央教会で養育され、国や地域の行事には美しく着飾って参加するのだ。そうしていくうちに、「自分は聖女である」という自覚と知識を身に着けていく。

セレナにはそれがなかった。

クス村でもセレナが聖女であることは伏せているため、周りには「護衛のついたいい所のお嬢さん」と思われているだろう。村人達はセレナに普通に話しかけるし、セレナ自身も、自分が特別だという意識が薄いのは否《いな》めない。

中央教会が彼女を引き取りに来るタイミングははっきりと決まっていなかったけれど、祖母が亡くなった今は、最適な時期だと考えられているだろう。

セレナが掟《おきて》を破ったことが明らかになったら、どうなってしまうのか。

万が一、拷問などの罰が与えられるのであれば、それだけは回避せねばならない。自分がセレナの身代わりになれと言われたらそれでもいい。

アリューシアは考えを色々と巡らせてみるものの、そのたびにレオンスへの怒りがよみがえってくる。

「どれもこれも、全部あのレオンスという男が悪いんだ！　護国将軍が聞いて呆れる!!」

馬上で怒鳴り声を上げながら、アリューシアは中央教会に向かっていた。


中央教会内の総会室でアリューシアの報告を聞いた教皇は、一言そう叫ぶと、呆然と天井を仰いだ。

「……な、なんてことだ……！」

彼の前で片膝をついているアリューシアは、顔を伏せてひたすら待つしかない。また、あの決まり文句を言われるのだろうな、と思いながら。

「アリューシア！　この役立たずが！」

ほら来た。

アリューシアは舌打ちしたくなるのをグッとこらえて、「申し訳ありません。私の責任です」と謝罪する。

確かに今回のことは、自分の監視不足から起きたと言える。彼女の純潔を守ることができなかったのだ。反省すべきことだと、痛いほど理解していた。

「セレナの祖母を説得できず、長々と片田舎に聖女を居座らせていただけでなく、その辺の小娘と同じように男に股を開かせたとは何事か!?　何が聖女の騎士だ!!　お前など辞めてしまえ！　嫁《い》き遅れが！」

人払いしているのをいいことに、教皇はアリューシアに罵詈雑言《ばりぞうごん》を浴びせた。

その口の悪さに、アリューシアは怒りを押し殺しながら身体を震わせた。口に短剣を三本くらい押し込んで黙らせてやりたい。

こんな男がバスチェルク王国中央教会の頂点に立つ人物だと言うのだから、教会の関係者は一体どこに目を付けているのか、とこちらこそ罵《のの》ってやりたくなる。

前任の教皇とは雲泥《うんでい》の差である。セレナの亡き祖母の意見を尊重し、セレナを中央教会に引き取らせずにクス村で育てることを決めたのは前教皇だった。

さらに、前教皇は時間を見つけてはセレナのもとを訪れ、色々と話をしたり、勉強や作法を教えてくれていた。

彼が四年前に亡くなり今の教皇になったのだが、現教皇が中央教会から出てくることは滅多にない。国内外で布教活動をすることもなく、当然クス村を訪れることもない。彼が教皇に就任してからというもの、とにかく「聖女セレナを王都に連れてこい」と言うばかりだった。

アリューシアはたびたび教皇に呼び出されて中央教会を訪れているが、いつも教皇はセレナを連れてこれないことに腹を立て、「役立たず」「嫁《い》き遅れ」と罵《のの》ってくる。

それでも、こんな男のそばにセレナを置いておくわけにはいかない。

教会の運営や寄付金の使い道など、とにかく金に絡むことでいい評判を聞いたことがなかった。

セレナが聖女であることを悪用するのではないかと心配して、アリューシアはセレナを彼から遠ざけるよう努めていた。

「それで、聖女を辱《はずか》しめた男の身元はわかっているのだろうな？」

教皇の言い方が引っ掛かったアリューシアだったが、素直に答えた。

「護国将軍のレオンス・ド・クレッシュです」

「なに？　護国将軍ということは、ヴァンパイアの子孫ではないか」

「はい」

「何と……伝え通り……」

「えっ？」

怪訝《けげん》な顔をしたアリューシアのことなど意に介さず、教皇は背中に手を回して、せわしなくグルグルと円を描いて歩き回る。

考えがまとまったのか、しばらくしてから先程の金切り声とは打って変わった厳《おごそ》かな声で話しかけてきた。教皇は、教典を読み上げる時などは至極まともな表情となり、声も落ち着いたものとなる。知的に見えなくはないから、皆これで騙《だま》されたんだろう、とアリューシアは思った。

「アリューシア。そなたはこれから、騎士の末裔《まつえい》として、ヴァンパイアのレオンス・ド・クレッシュを成敗してくるのだ」

「……えっ？」

驚いたアリューシアは立ち上がり、教皇に抗議する。

「レオンス殿は国王直属の将軍です。そのようなことをすれば国王が黙ってはいません。国を揺るがす大問題となってしまいます。それに……私の先祖は、大昔に彼の先祖と共闘して魔物を倒した関係です」

「大昔の言い伝えにこだわってどうする？　聖女に手をつけたのだぞ？　普通の人間でも許されぬことを、ヴァンパイアだからといって許されるはずはない！　護国将軍であるならその地位を利用したのかもしれれぬ。なおさら罪は重い！」

「確かにそうですが……」

アリューシアは戸惑いながら答えた。教皇が珍しく正論を口にしている。

「奴が聖女という存在を悪用しようと考えていたらどうする？　過去の過《あやま》ちがよみがえってくるようだ」

「え……どういうことですか？」

悲痛な表情を浮かべ、手で顔を覆《おお》った教皇を見て、アリューシアは不安に駆られ、彼に詰め寄る。

「まさか……過去の聖女達が、ヴァンパイアの一族に何か恐ろしいことをされたというのですか？」

「……知らないのも無理はない。あまりに痛ましい出来事なので、今までずっと内密にしてきたのだから……。実は、聖女達は、ヴァンパイア一族の慰《なぐさ》み者《もの》とされてきた歴史があるのだ」

教皇は深いため息を吐き出し首を振る。

アリューシアは真っ青になった。

「その昔、ヴァンパイアの先祖が、聖女の持つ神秘の力によって自分達の能力が増強されることに気付いてしまった。それ以来、彼らはたびたび聖女を拐《かどわ》かし、子を産ませる道具としてきたのだ。非力な私たち人間は、聖女が生《い》け贄《にえ》になるのを防ぐこともできず……。囚《とら》われた聖女は自由を奪われ、若くして命を落とす者も多かったと聞いている。この残酷な真実を知っている者は、教会関係者の中にもごくわずかしかいない」

「セレナ様……」

アリューシアは全身の力が抜けたように、床に両膝をつく。
茫然自失《ぼうぜんじしつ》となった彼女の肩に、教皇は労《いたわ》るように手を乗せた。

「これはレオンス殿のためにもなるのだ。先祖の代から続く忌《い》まわしき事実を、君が断ち切ってあげたまえ」

「……わかりました」

行きの勢いとは打って変わり、セレナの待つクス村へと帰還するアリューシアの表情は暗かった。
クス村に戻ったら、セレナを説得し、中央教会へと連れていかなければならない。
本来であれば、華々しく中央教会から迎えの馬車が来て、王宮からも護衛の者達が派遣され、豪華な船出となるはずなのに。
『レオンスに悟《さと》られてはならん』

教皇からそうきつく命じられているため、こっそりと出発しなければいけない。

教皇から聞かされた真実はとても残酷で、アリューシアは何度もため息をつく。

ヴァンパイア一族の手が付いた聖女は、彼らの慰《なぐさ》み者《もの》とされてきた。そしてセレナも、レオンスの手に落ちた。

（この連鎖を止めなくては……！　聖女の騎士の末裔《まつえい》として。相手が護国将軍という国最強の騎士だとしても関係ない。この命に代えてもセレナ様を守ってみせる）

意志を固め、月を見上げる。柔らかい月明かりはアリューシアを優しく包んでくれているようで、彼女は切なくなった。

――ブランデルとも、もう会うわけにはいかない。

セレナが森で怪我をした日、レオンスの従者であるブランデルがクス村まで伝達に来てくれた。

その彼に、たびたび口説かれている。最初は調子のいい男だと避けていたのだが、「出会ってからまだ日は浅いけど、俺は本気だ」と何度も迫る彼に、アリューシアも気付けば同じ思いを抱いていた。

しかし、ブランデルはレオンスと同じヴァンパイアの血を引く者なのだ。セレナをレオンスから引き離そうとしている自分は、彼に惹《ひ》かれることすら許されない。

「すまない、ブランデル」

アリューシアは月に向かって、ここにはいないブランデルに謝った。

†††

(やれ、我ながら上手い口実を思い付いたものだ)

アリューシアが去り、教会の総会室に一人残った教皇は、ほくそ笑む。

真実を少しねじ曲げて話しただけだ。そうしたら、あの女騎士が勝手に間違えて解釈しただけ。

騎士の末裔《まつえい》だが何だか知らないが、おつむは大したことがないらしい。

「ヴァンパイアの一族の主人であり、護国将軍のレオンス・ド・クレッシュ……。利用させてもらうぞ。このままでは困るのだ、教会が」

一人、呟《つぶや》く。

自分が教会の頂点――教皇に就任してからというもの、目に見えて寄付金が減った。

その運営も行き詰まりを見せ始めている。

聖女セレナが中央教会にやってくれれば、注目も集まり、寄付金も増えよう。

また、前聖女の時のように、結婚式などの祝いの場において、金と引き換えに祝福を授ける儀式を再開するのもいいだろう。

ヴァンパイアであるレオンスを悪者にして、聖女を守るために女騎士アリューシアが戦う。

それは教皇にとって格好の作戦だった。

さらに、その場に聖女が現れたとしたら、より注目も高まるというものだ。
教皇は、聖職者とは思えぬような歪《ゆが》んだ笑みを浮かべた。

4　決闘

セレナと再会を果たした数日後、レオンスは悩んでいた。自分の身に突如降りかかった事態に――

（なぜ、こうなったんだ……？）

王宮の建物の中で、居住区の一つとして使われている銀狼宮《ぎんろうきゅう》。その中に設けられている礼拝所にレオンスはいた。

銀狼宮《ぎんろうきゅう》には軍事に関わる者達が寝泊まりをしている。彼らの寮のような場所で、一人ずつ部屋がきちんと用意されているのだ。

レオンスも普段はこの銀狼宮《ぎんろうきゅう》の一角に住み、仕事に向かっている。

王宮からほど近い所にレオンスの自宅もあるのだが、そこにはたまに帰る程度だ。

城には、それぞれの宮《きゅう》に礼拝所が設置されているが、この銀狼宮《ぎんろうきゅう》の礼拝所は、国王の住まいである獅子宮《ししきゅう》のものよりも広い。

というのも、銀狼宮《ぎんろうきゅう》は宮殿の中で一番住人が多い。しかも家族や恋人と離れて暮らす者がほとんどなので、彼らが大事な人のために祈りを捧げられるようにと作られたのだった。

レオンスは、その礼拝所の中央でアリューシアと対峙《たいじ》していた。彼女は険《けわ》しい顔でレオンスに剣先を向けている。

今日は軍隊の編成に関する計画書をまとめていて、完成したものを国王に提出しようとした矢先の出来事だった。部下がやってきて、アリューシアの来訪を告げた。「礼拝所で話がしたい」と言っているらしい。どうしてブランデルではなく自分を、という疑問もあったが、ひとまずレオンスは彼女を礼拝所へ通すよう伝え、自分もそこへ向かった。

待っていた彼女がただならぬ様子であることは、一目でわかった。

「アリューシア殿。一体どういうことだ？」

なぜ、彼女が訪れ、自分に剣を向けているのか。

思い当たる理由はただ一つ。レオンスはそれを口にした。

「セレナから俺達のことを聞いたのか？」

「聖女に手を出した罪は重いぞ！　たとえ貴様が護国将軍だとしても、許されることではない！」

「セレナが聖女だから好きになったわけではない。彼女と話している中で打ち明けられたんだ。だが、それは俺達の関係に何も影響していない。聖女であろうとなかろうと、セレナは素晴らしくて可愛い女性だ」

真剣に伝えたつもりだったが、アリューシアの顔付きはさらに険《けわ》しくなった。

「ヴァンパイアの忌《い》まわしき血に振り回されている貴様が、セレナ様を語るな！」

アリューシアの言葉に、レオンスは言葉を詰まらせた。

タン、と地を蹴りアリューシアがレオンスの懐《ふところ》に入る。

「――っ！」

速い――

レオンスの制服の記章が一つ床に落ちる。護国将軍の位《くらい》を表すものだ。

「聖女を道具としてしか見ていない貴様には、もうふさわしくない」

アリューシアの言う意味がわからず、レオンスは首を傾《かし》げた。

まだ剣を下ろさず戦闘態勢でいる彼女から距離を取りながら、レオンスは口を開いた。

「何か勘違いしていないか？　今も言った通り、俺はセレナが聖女だから好きになったのではないと――」

「よくもそんな白々しいことを！　貴様らヴァンパイアは、聖女を己《おのれ》の生《い》け贄《にえ》とすることで能力を維持してきたのだろう！」

「……えっ？　一体何を……。そんな話は聞いたことがないぞ？」

初耳だった。

「嘘をつくな。教皇から聞いたのだ。お前達ヴァンパイア一族は、これまでに隠れて聖女達の身体を弄《もてあそ》び、ただ能力のある子孫を産むだけの道具として扱ってきたと！」

アリューシアの目にはうっすらと涙が浮かんでいる。セレナを本当に大切に思っているが故《ゆえ》だろう。

「アリューシア、聞いてくれ。俺はセレナを心から愛しているし、結婚を望んでいる。俺達の先祖が過去にそのような不義理な関係を結んだこともあったのかもしれないが、俺はセレナを大切にするつもりだ。神に誓って――」

「ヴァンパイアが神に誓うなど、信用できるか！」

アリューシアの持つ剣が伸びた――気がした。

彼女の動きはかなり速い。そして剣さばきが巧《たく》みだ。

レオンスも帯剣しているが、礼拝所で剣を抜くのは憚《はばか》られた。

ここでやり合ったら、建物を破壊してしまう。

アリューシアの剣の腕前は相当なものだから、真剣勝負となれば互いに怪我は免《まぬか》れない。

それに、彼女はブランデルの思い人なのだ。傷付けるわけにはいかない。

レオンスが周りを見渡すと、銀狼宮《ぎんろうきゅう》にはいつの間にか人だかりができていた。

「アリューシア！　決闘をしたいなら、屋外の練習場に移動しろ！」

「馬鹿者！　私がこの場所を選んだ理由がわからないか！　お前に神の御前《ごぜん》で罪を償《つぐな》わせ、成敗するためだ！」

移動する気はないということか。レオンスは歯噛みした。

「剣を抜け！　神は正しい行いをする者の味方につく！」

「……仕方ない！」

腰に携《たずさ》えた鞘《さや》からレオンスが剣を抜く。

「基本、俺は女性にも手加減なしでな。覚悟してくれ」

「それで結構だ」

鋼《はがね》の高い音が礼拝所に響き渡る。

礼拝所に集まっている数人から、囃《はや》し立てる声が聞こえる。

美しい女騎士への珍しさもあるのか、アリューシアを応援する声もした。

しかも、護国将軍である自分を成敗すると言い、勇敢に向かってくるのだ。

長剣を振りかざせる女騎士は、そういない。

それに加えて、女であることを利点とした素早さに身の軽さ。

（そうか）

レオンスは、アリューシアがこの礼拝所を決闘の場に選んだ理由に思い至った。

「聖女を護衛する立場の騎士――修道騎士である君は、神を祀《まつ》る場所では普段よりも強い力が発揮できるんだな。代々、修道騎士の家系には神の加護が宿ると言われているから」

「気付くのが遅い」

アリューシアが不敵な笑いを見せた。

「いや、それを抜きにしても、君の腕前は大したものだ、アリューシア」

だからこそ、観客と化した銀狼宮《ぎんろうきゅう》の者達も、興奮してやんややんやと囃《はや》し立てるのだろう。

「——むん……！」

アリューシアは腰を屈《かが》めた後、すぐにこちらへ突っ込んできた。剣が横から伸びる。

レオンスは避けようとして高く飛び上がった。

アリューシアの一撃を受けた長椅子の一つは、その背もたれの上半分を失った。

「及び腰だな。ちゃんと闘え！」

アリューシアの剣筋を読んで身をかわしてばかりのレオンスに、アリューシアは苛立《いらだ》ちを覚えたようだ。

決着を急ごうと攻撃の勢いを強めるアリューシアに、レオンスが叫ぶ。

「アリューシア！　この先セレナを必ず幸せにすると約束する。——だから、君も安心してブランデルと結婚してくれ！」

「なっ……ブランデルのことは関係ないだろう！　それに、あいつもヴァンパイアの一族だ！　誰が一緒になるものか！」

「では、ブランデルとの関係は遊びだと言うのか？」

レオンスの素朴な問いかけに静寂が生まれた。レオンスとアリューシアの動きも止まる。

「そうじゃない！　わ、私のことは今は関係ないだろう！」

アリューシアは顔を真っ赤にして焦り出した。

「ヴァンパイア一族だから、ブランデルが嫌なのか？」

「違う！」

「俺だって同じだ。セレナが聖女だから惚れたわけじゃない！　セレナの人となりを見て好きになったんだ」

しかし、レオンスの言葉をアリューシアは真っ向から「違う」と切り捨てた。

「貴様の気持ちではなく、ヴァンパイアとしての本能が、聖女であるセレナ様を求めているだけだ」

レオンスがアリューシアに反論しようとした瞬間のことだった。

「神聖な場所で何をしている！」

銀狼宮《ぎんろうきゅう》の扉を開け、人波をかき分けて入ってきたのは――

「国王……！」

その後ろからブランデルもやってきて、アリューシアは動揺した様子を見せた。

「神父から報告を受けて来てみたら……名のある騎士二人が、揃《そろ》って神聖な場所で決闘かね」

国王は呆れたと言わんばかりに息を吐き出す。

「君達のような二人が生死をかけてまで戦わなくてはならない理由は、一体何なのだね？」

国王の厳しい口調に、その場の空気が張り詰める。

いい加減な理由なら許さん、という意思が込められていた。

「それは……」

言いよどむアリューシアに代わって、レオンスが口を開いた。

「私が、聖女であるセレナ・カラという人物と愛し合っていることに、彼女が怒りを感じているようなのです」

国王の顔色が変わる。

「セレナと……？」

「はい、聖女セレナとです。彼女に求婚し、承諾は得ています」

「私は聞いてないぞ」

「折を見て、ご相談に上がるつもりでした」

なぜか、国王がただならぬ気を発している。普段は穏やかな性格の持ち主であるのに、その顔から不快感を隠そうともしない。

聖女と愛し合っていることが、やはり問題なのだろうか。

「アリューシア」

長い沈黙の後、国王がいつものように穏やかな笑みを取り戻してから言った。

「レオンスを成敗しなさい。私が許そう」

「なっ……」

レオンスはもちろん、成敗を望んでいたアリューシアまでもが驚きを見せた。

「王、一体なぜ……」

レオンスが焦る様子を気にすることもなく、国王は「色々あるんだ」とだけ答えた。困ったことになったが、レオンスからしてみれば、ここでセレナとの関係を諦めるわけにはいかない。

確かに出会いは突然で、早急に契《ちぎ》りを結んだけれど、決して遊びではない。真剣に共にありたいと思ったのだ。

「……では、王。そしてアリューシア。この神の御許《みもと》で闘って俺が勝てば――神は俺とセレナとの結婚を認めたと考えていただきたい」

「……よかろう」

レオンスが本気であることを感じ取ったのか、国王は厳《おごそ》かに答える。

「国王！」

アリューシアが声を荒らげたが、国王はスッと手を出して彼女を押しとどめた。

「アリューシア。君は神の名のもとに勝負の場をここに設けたのだろう？　君が一番力を発揮できるであろう場所に」

「……はい」

「君が神の加護を受けて力を発揮できるのに対し、ヴァンパイアの末裔《まつえい》であるレオンスがここで戦うのは不利だろう。――それでも勝利が彼にあったなら、神はレオンスの行いを認めたと考えねばならないと思う」

「国王は……それでよいのですか？　セレナ様は、貴方《あなた》の――」

国王がそれ以上話すな、と言わんばかりに頭を振った。

「……わかりました」

アリューシアがレオンスに向き直り、剣を構える。レオンスも姿勢を整えた。その直後、ブランデルが声を上げた。

「レオンス、アリューシアに傷を付けるなよ！」

「無理を言うな！」

「そりゃそうだよな。だがなるべく気を付けてくれ」

ブランデルはどこかこの状況を楽しんでいるのではと思えるほど冷静だ。もちろん、アリューシアはブランデルの思い人だから、レオンスもできる限り彼女の身体を切り付けることは避けるつもりだ。恐らく、ブランデルはレオンスがそうするとわかっているのだろう。

「……行くぞ」

レオンスのまとう空気が、研《と》ぎ澄《す》まされていく。

「――！」

その冴《さ》えた気迫に、アリューシアも呼吸を整えた。

「ハァアアアア！」

アリューシアとレオンスの剣と剣がかち合う。

「……くっ！」

レオンスの攻撃を受け止め、アリューシアはほんの一瞬その重さに体勢を崩したが、どうにか耐え抜き、身体を引いてレオンスの懐《ふところ》を目指した。だが、レオンスはフワリとかわし、再び剣を振り下ろす。

「ぬっ！」

アリューシアはそれも受け止めたが、彼女がレオンスに押されているのは明らかだった。

速度も速く、縦横無尽《じゅうおうむじん》に剣を振るうその姿は、誰の目にも護国将軍の名にふさわしく映っている。

アリューシアの実力も相当なものであるはずだが、レオンスはそれ以上であった。

「くっ……！」

アリューシアが素早く後退するが、それより早くレオンスは動いていた。

「下がるのが遅い」

アリューシアの頭上から冷静に声を浴びせ、剣を下ろす。彼女はそれをギリギリでかわしたが、悔しそうに顔を歪《ゆが》めた。

「アリューシア！　頑張れ！　私も加勢しよう！」

国王が叫んだ言葉に、レオンスが目を見開いた。

「王!?　何をおっしゃるのですか！」

聖女伝説にもある通り、王族は魔法の使い手である。そして、その子孫である目の前の国王も魔法を使えるのだ。

「王、おそれながら申し上げます！　人を傷付ける攻撃魔法で加担するのは、勝負違反かと……これは、剣による二人の対決です」

ブランデルが、国王に向かって叫ぶ。

「安心しなさい。攻撃魔法は精神力を使うからねえ。アリューシアの力を増強するだけさ」

ははは、と笑って見せる国王だが、目は至極真剣だ。

国王の合わさった手から光が現れる。

「力を増大……千倍くらいでいいか」

それを聞いて、レオンスもギョッと国王のほうを向く。

「何を考えておられるのですか！　そんなに力を与えたら、勝負にならないではないですか！」

「君の身体が真っ二つになるだけだ」

自分は何か、国王に恨まれるようなことをしたのだろうか。

軽やかに笑う国王の後ろにどす黒いオーラが見えた——気がして、レオンスは息を呑んだ。

国王の手から放たれた光が、アリューシアを包む。

「力がみなぎってくる……！　国王よ、ありがとうございます！」

さあ、とアリューシアがレオンスに向けて不敵な笑いを見せた。

「覚悟！」

アリューシアは、試すように剣を軽く振るう。

ヒュッと、空気を切る音が響いた。

――その直後。

ズズッ……ゴッ……

天井から細かい破片が落ちてくると共に、鈍《にぶ》い音が響く。やがてそれは轟音《ごうおん》となり、天井が揺れ始めた。

「えっ……?」

「何……?」

レオンスもアリューシアも、国王もブランデルも、そして、観衆たちもレオンスの背後――祈祷《きとう》台《だい》の方向に注目する。

レオンスの遥か上。天井に斜め一直線に裂け目が走っている。壁にかけられていた十字架の上半分も巻き込まれてすっぱりと切れていた。

「……切れてる。すげえな、アリューシア……」

ブランデルが感心しながら、感想を述べた。

「まずい――崩れるぞ!」

裂けた天井と十字架が、音を立てながら崩れていく。

観衆達も危険を察知し、逃げ始める。

「ああ……すまん。久しぶりで加減を誤ったようだ」

国王が申し訳なさそうにアリューシアへかけた魔法を解除する。

「今はそんなことを気にしている場合ではありません！　一刻も早くここを出なければ！」

いやあ、すまんと今度は笑ってごまかす国王を、レオンスが瓦礫《がれき》から庇《かば》いながら避難する。

「ブランデル！　アリューシアを頼む！」

「言われなくても！」

粉塵《ふんじん》で咳込むアリューシアを横抱きにして、ブランデルも出口へ向かった。

――銀狼宮《ぎんろうきゅう》の礼拝所は、こうして半壊した。

レオンスとアリューシアの決闘はお流れとなり、二人とも独房入りとなってしまった。

5　血が聖女を求めたとしても

レオンスとアリューシアが決闘を始めたその時、セレナは中央教会にいた。

アリューシアを通じて「大事な話がある」と教皇から呼び出され、クス村の神父と、彼を手伝う村の若者三人と共にやってきたのだった。いつもなら一緒に来てくれるはずのアリューシアは、昨日、「用事があるから」と先に王都へ出発していた。

「ようやく、お出《い》でくださりましたな。聖女セレナ様！」

両腕を広げて大げさな態度で出迎えた教皇に、セレナは膝を軽く曲げる簡潔な会釈《えしゃく》をした。

教会から支給された灰色の修道服に身を包み、輝く金髪を頭巾《ずきん》に隠してある。

それでも、彼女の清楚《せいそ》で可憐《かれん》な様子は、教皇を含め、出迎えた中央教会の修道僧達をざわつかせるほどだ。

「お疲れでしょう？　こちらへ。お茶の用意をしますから」

中年の修道女が、にこやかにセレナを誘導する。

「アリューシアはどこにいますか？　先に着いて出迎えてくれると言っていたのに……」

「アリューシア様でしたら、こちらにご挨拶《あいさつ》にいらした後、王宮に出かけられましたよ。いずれ戻ってこられるでしょう」

修道女の答えに対してセレナは「そうですか」としか返せなかった。

部屋に入った後、ソファに腰を下ろし、修道女が淹《い》れてくれたハーブティーを飲む。

中央教会の中庭で様々なハーブを栽培していることは以前から聞いていた。新鮮で香り高く、清々《すがすが》しい味わいだ。セレナも少しだけ緊張がほぐれた。

「失礼を、聖女様」

少しして、教皇が入ってきた。

(偉い人は、ノックせずに入ってきても叱られないのね)

セレナは違和感を抱きながらも、立ち上がり教皇にお辞儀をした。

「よろしいのですよ、そんなに畏《かしこ》まらなくても。貴女《あなた》は神から選ばれた身です。同じ神に仕える者同士、これからは協力し合って教会を盛り立てていきましょう」

笑みを浮かべ、突き出た腹を揺らしながら、教皇はセレナの手をしかと握り締めてきた。

セレナは触れた彼の手に寒気を覚える。

(こんなことを思っては悪いけれど、前の教皇様のほうが好きだわ……)

親しみのこもった態度なのだが、今、目の前にいる教皇の顔を見ると、別の思惑も含まれているように感じた。

「ところで『聖女の証《あかし》』ですが……見せていただけますかな？」

「あ、はい……」

中央教会の関係者はセレナが聖女であることを知っているけれど、形式上、教皇にその模様を見せることになっている。

「ご覧ください」

セレナは右足のブーツと靴下を脱いで、教皇に痣《あざ》を見せた。

唐草模様と、その中で羽を広げた蝶の模様。

「……おお！　間違いない、『聖女の証《あかし》』だ！」

教皇が歓喜に声を震わせる横で、修道女も痣《あざ》を確認するなり、感動に瞳を潤《うる》ませていた。

「なんて素晴らしい……！　生きているうちに、お目にかかれるなんて！」

（……わかっていたことなのに……）

もしもこれが聖女の証《あかし》ではなかったら、気兼ねなくレオンスの胸に飛び込める。

セレナは、自分が心のどこかでそんな可能性にすがっていたことを思い知った。

それでも、二人にはわからないように感情を隠し、微笑んでみせる。

教皇が修道女に目配せをし、彼女を下がらせ、部屋には教皇とセレナの二人きりとなった。

途端に深刻な表情を見せて近付いてくる教皇に、セレナは背筋を伸ばす。

「セレナ様。昨晩、護衛のアリューシア殿がここを訪問しました」

「……はい」

「彼女が告白してくれました――先日、貴女《あなた》の身に起きたことを……」

ビクリ、とセレナの身体に緊張が走る。

こちらを見据《みす》える教皇の目が怖い。

憐《あわ》れみや怒り、蔑《さげす》み――そんな目で見ているのではない。

何かもっと、違う企《たくら》みを持っているようで――

「でも……レオンス様とのことは真剣です。軽い気持ちじゃありません！　私達、真剣に愛し合っています……！」

セレナの訴えに、教皇は「はあ……」と深いため息をついた。瞼《まぶた》を閉じ、さも悲痛な面持《おもも》ちを彼女に見せつける。

「貴女《あなた》は知らないのだね？　聖女の悲しい運命を……」

「悲しい、運命……？　いずれはクス村から中央教会に移り、聖女としての仕事を果たす義務があると聞いていますが……」

「そうか……君の祖母もクス村の神父も、真実は伏《ふ》せていたようだ」

沈痛な面持《おもも》ちで語る教皇に、セレナは不安を募《つの》らせる。

「あの、教皇様……真実とは、何なのですか？　悲しい運命って……」

「気をしっかり持てるかね？　これは、ヴァンパイアの子孫であるレオンス・ド・クレッシュにも関係するのだ」

「レオンス様とも関係があるならなおさらです、教えてください！」

わかった、と教皇は神妙な態度を崩さずにセレナに話し出した。

「代々、多くの聖女は、ヴァンパイアの生け贄《いにえ》とされる運命を辿《たど》ったのです。ヴァンパイアに拐《かどわ》かされ、彼らの子を産むためだけの道具として。さらわれた聖女たちの行方は杳《よう》として知れません。用済みとなって殺されたか、一生囚《とら》われたまま命を落としたか……」

しばらくの沈黙の後、セレナは絞り出すように声を出した。

「そんな……嘘……」

先ほどに比べて、顔色が明らかに悪い。

「アリューシアが嘆き悲しんでいたよ。貴女《あなた》がすでに、彼と契《ちぎ》りを結んでしまった、とね。純潔であるべき身だというのに……」

生真面目《きまじめ》そうな表情を作ってセレナの横に座り、肩を抱く。

「レオンスと互いに愛し合っていると思っているようだが……それはまやかしにすぎない。奴は貴女《あなた》を道具としてしか見ていないのだから。甘い言葉も、貴女《あなた》を引き込むためのただの誘い文句だったのだよ」

「私……私……」

ギュッとセレナの手が修道服を握り締める。目は、ずっと床を見据《みす》えたままだ。

セレナの青紫の瞳が揺れる。

「いつまでも、このような人身御供《ひとみごくう》の真似事を続けさせるわけにはいかぬと、アリューシアが討伐《とうばつ》を買って出てくれた」

もう一押しとばかりに告げられた内容に、セレナが勢いよく立ち上がった。

「――――！」

セレナの肩を抱いていた教皇は、驚いてソファから転げ落ちそうになる。

「アリューシアがレオンス様のもとへ戦いに行ったと⁉　どうしてお止め下さらなかったんです⁉　彼女は、私の姉のような人。……そしてレオンス様も、私の大事な人……！　二人が傷付けあうなんて、私は嫌です！」

「セレナ！　目を覚ますんだ！　レオンスへの感情は幻《まぼろし》だ！」

ガシリ、と教皇に肩を掴まれたセレナは、否応《いやおう》なしに彼と向き合う形になる。

「いいかね？　私はこの負の連鎖から君を救いたいのだ。アリューシアも同じ気持ちなのだよ？　所詮《しょせん》ヴァンパイアの血を受け継ぐ者達は、忌《い》まわしき魔物の血から逃れることはできんのだ――さあ、共に教会を盛り立て、聖女としての正しき役割を果たしていこう……！」

「わ、私……でも、もう聖女としての掟《おきて》を破っています……！　聖女ではありません……！」

教皇から離れようと後ずさるが、彼の手は離れない。

それどころか、セレナに合わせてどんどん進み、彼女を壁に押し付けようとしていた。

「その掟《おきて》は、私が決め――いやいや。君が操《みさお》を失ったかどうかなど、誰にもわからん。黙っていればいいのだ」

教皇は一度言いかけた言葉を呑み込んで話を続けたが、セレナは冷静に聞き取れる状態ではない。

「教皇様……？」

（怖い……普通じゃない）

教皇の様子に、セレナは恐怖を抱いた。

「セレナ、今の教会には聖女の存在が必要なのだよ……教会の権力は衰退の一途を辿《たど》っている。うら若き美しい聖女が現れたと知れれば、民達《たみ》はまた盛り立ててくれるはずだ！」

外に漏《も》れないよう押し殺した低い声と、血走った教皇の目――セレナの身体が強張《こわば》る。

欲だ。欲にまみれた目だ。

（教皇なのに……一番偉い聖職者なのに……）

その時、誰かが扉を叩いた。

「教皇、聖女様。よろしいでしょうか？」

ノックの音で教皇は我に返ったのか、セレナから離れ、服を整える。セレナも彼から逃げるように離れた。

「入れ」

ふんぞり返るような口調で教皇が言うと、入ってきたのは先程の中年の修道女だった。

ただ、先の穏やかな雰囲気とは違い、ひどく焦っている様子だ。

修道女は足早に教皇に近付くと、耳打ちをする。

「――何だって？」

修道女のもたらした報告に、教皇は面食らった表情でセレナと向き合う。

怒りを必死にこらえるような様子で、セレナに言った。

「アリューシアとレオンス殿が、王宮の一角で一騎打ちとなり、建物の一部を壊したらしい」

「……えっ？」

――アリューシアって、そんな怪力だったかしら？

†††

「アリューシア！」

「セレナ様……！」

アリューシアが王宮にある銀狼宮《ぎんろうきゅう》を一部破壊して拘束され、国王の部下達による尋問を終えて解放されたのは、決闘から二日後のことだった。

泣きながら抱き付いてきたセレナを、アリューシアは心底愛しそうに抱き締める。

「怪我はない？　どこか痛む所は？」

「私は大丈夫です。ご心配をおかけしました」

安心したように頷《うなず》き、涙を手で拭《ぬぐ》いながら笑うセレナの姿を見て、アリューシアは微笑んだ。

明るめの青を基調としたセレナの服は、ワンピースで、腰から下が二層になっている。内側の白い絹地が見えるように大きくスリットが入っていた。頭には半透明で白地のベールをかけ、その上から青のカミラフカと呼ばれる円柱形の帽子を被《かぶ》っている。

それは、聖女のみが着ることを許されている衣装だった。

「とてもよくお似合いです」

「そうかしら？　ありがとう」

ゴホン、とわざとらしい咳払いが聞こえてセレナ達が振り向くと、そこにいたのは教皇だった。

アリューシアは片膝をつき、教皇に頭を下げる。

「無事だったか、アリューシアよ」

「ご心配をおかけしました」

二人の会話が空々《そらぞら》しいことをセレナは感じ取っていた。恐らく彼女も、教皇が苦手なのだろう。

「詳しく話を聞きたい。すぐに私の談話室へ」

アリューシアの返事も待たずに踵《きびす》を返した教皇に、セレナが慌てて声をかける。

「待ってください。少し私にアリューシアと話す時間をください！」

セレナの懇願《こんがん》に、教皇が振り返った。

「アリューシアが宮殿に行ったと聞いて、とても不安だったんです。……怪我をしていないか、まさか生死に関わるようなことになっていないか、と。アリューシアと何日も離れたのは初めてで——お願いします。彼女と二人っきりでもう少しだけ話をさせてください……！」

教皇がため息をつく。

「仕方ありませんな。アリューシアは姉代わりだと聞いておりますし……」

渋々といった様子ではあるが、彼は了承してくれた。

「では、アリューシア。三十分ほどしたら談話室へ」

「かしこまりました」

アリューシアはまた一度、頭《こうべ》を垂らす。

教皇の姿が見えなくなってから、セレナはアリューシアに「大丈夫なの？」と心配そうに声をかけた。

「ええ。それに私も、教皇に確認しなければならないことがありますから」

「それって……聖女とヴァンパイアの関係について？」

セレナが聞いた途端、アリューシアは大きく目を見開いた。

「やっぱりそうなのね……。部屋で詳しく話を聞かせて」

そうしてセレナは、自分に宛《あ》てがわれた部屋にアリューシアを連れていった。

そして、人払いをして早速《さっそく》アリューシアに尋ねる。

「アリューシア、レオンス様と決闘をしに行ったと聞いたわ。本当なの？」

「はい」

「レオンス様にお怪我は？　決闘の場所になった礼拝所が半壊したって聞いたけれど……」

レオンスの名前を出したことが気に喰わないのか、アリューシアはムッとした表情で答えた。

「国王がその場にいらっしゃったのですが、レオンス殿が国王を庇《かば》って肩を怪我されました」

「レオンス様が……！　怪我はひどいの？」

「打ち身や打撲程度です。セレナ様が心配するほどではありません」

アリューシアの言葉に棘《とげ》があるのを感じ、セレナは視線を落とした。

「レオンス様は、心から私を愛してくれていると——信じています」

「あの方は、セレナ様にふさわしくはありません。……ご理解ください」

「レオンス様は、私を生《い》け贄《にえ》とも道具とも思っていないはずよ。アリューシア、レオンス様にお会いしたい。会って彼の口から本当の気持ちを聞きたいの」

「いけません！　真実を知った貴女《あなた》に、奴が何をするかわかりません。あまりにも危険すぎます」

「構わないわ」

アリューシア、と言ってセレナは彼女の手を掴み、泣きながら訴えた。

「会いたいの……！　彼の声を聞きたい、抱き締めて欲しい。ずっと彼のそばにいたい……！」

「セレナ様。そう思うのはきっと、ヴァンパイアの瘴気《しょうき》に当てられているからです、その気になってはいけません！　貴女《あなた》は聖女なんですよ？」

「どうして聖女は恋しちゃいけないの⁉　好きで聖女に生まれてきたわけじゃないのに！」

「セレナ様……」

アリューシアは戸惑ったように言葉を失い、セレナの頭をそっと抱く。セレナは、祖母が亡くなった時も、アリューシアがこうして慰《なぐさ》めてくれたことを思い出した。

「会いたい……会いたいの……聖女なんてもう嫌……。これからも、ずっと我慢して生きていくなんて嫌……」

アリューシアを困らせるのも心苦しいけれど、レオンスへの思いを消し去ることなどできない。

セレナは必死に声を殺して泣き続けた。

†　†　†

（なぜ、アリューシアは解放されたのに、俺は出られないんだ……？）

決闘から三日経《た》った後も、レオンスは、まだ独房にいた。

独房といっても、寒々とした牢屋に監禁されているわけではなく、王宮の奥まった所にある小さな部屋である。

簡素だが、寝台と一人用のテーブル、そして椅子が置かれている。

質素な暮らしに慣れていない者にはきついかもしれないが、軍人のレオンスはさほど苦痛に感じなかった。

――だからと言って、この待遇はおかしい。

聖女に手を出した罰なのだろうか。考えられるとしたら、それくらいだ。

国王と教皇の仲はよくないと聞いている。教会が絡む問題で国王を困らせてしまったのがまずかったのかもしれない。

罰金も降格も、甘んじて受け入れるつもりだ。

しかし聖女との関係が知られてしまった以上、それだけで済まないだろう。

「レオンス、レオンス……！」

扉の小窓が開いて、そこからブランデルが顔を出した。

小窓越しにではあるものの、人との会話も許されている。レオンスはブランデルに頼んで今回の出来事を実家に報告してもらい、そしてアリューシアが口にした、聖女とヴァンパイアの関係について調べてもらっていたのだ。

「ブランデル、どうだった？」

「お前がアリューシアに決闘を申し込まれて、礼拝所を半壊させて独房入りとなったことを、ご生母に伝えておいたぞ。至急、修繕費を王に送るとさ」

「礼拝所を半壊させたのは、俺じゃないだろう？」

「いいじゃないか、黙って払ってやってくれ」

「後でお前に請求するからな」

意地悪だな、と零《こぼ》すブランデルに、レオンスは尋ねた。

「それで、聖女とヴァンパイアの関係はどうだった？　家系図に記載はあったか？」

「いや、なかった。これまでの先祖の名前と、結婚相手の名前しか書かれていない。教皇が言うような、聖女を生《い》け贄《にえ》としてきたなんて事実は一言も見当たらなかった。だが、結婚相手の名前は、歴代の聖女と同名が多い。聖女だという明確な記載はなかったんだが……」

「そうか。でも、俺達の先祖の多くが聖女と結婚してきたと考えて間違いないだろう」

しかし、聖女がヴァンパイアの慰《なぐさ》み者――能力の高い子を生むためだけの道具として宛《あ》てがわれてきたなど……

レオンスは信じたくない気持ちでいっぱいだった。

「その話が本当なら、とうにお前にも俺にも伝わっているはずだ。でも、そんな先祖がいたことも、聖女が閉じ込められていたことも一切聞いていない。教皇が言っている話は怪しいと睨《にら》んでいいんじゃないか？」

ブランデルは確信したかのように目を光らせて説いた。

「だが、嫁《とつ》いできた中に聖女がいたとして、なぜ、それがうちの家系図に書かれてないんだ？」

「必要ないからじゃないか？」

ブランデルの言い分にレオンスは首を傾《かし》げる。

「……いや、聖女ということを隠したかった――のほうが合ってるかもな……」

その推理にブランデルも乗る。

「隠す必要はクレッシュ家にはない――ということは」

「隠さないと困るのは――教会側……」

「なかなかいい推理だね」

「えっ？」

この声は――

レオンスもブランデルも、その声の主である国王に顔を向けた。

「思う所はあるが……いつまでも私怨《しえん》で閉じ込めるわけにはいかないからね……」

そう言いながら、国王は自ら独房の鍵を開けた。

「レオンスに用があるので、夜まで待ってもらった」

「そうだったのですか」

「個人的に腹が立つので、このままにしておきたい気持ちもあるが」

「……私が王に何をしたかと考えても、やはり聖女絡みしか思い付かないのですが」

「そうだ。だが教会は絡んでおらん。……私個人の話でな」

そう言って国王は複雑そうに微笑んでみせた。

†††

レオンスとブランデルが国王に連れられ通されたのは、獅子宮《ししきゅう》にある貴賓室《きひんしつ》だった。

たまに王や亡き王妃に呼ばれ、ここで茶会を共にしたことがある。

今は夜なので、昼の華やかさとは違い、しめやかな静寂に包まれていた。

国王が扉を開け、中に入る。

レオンスは、視界に入ってきた人物に驚き、そして嬉しくなって声を上げた。

「セレナ！」

「レオンス様……！」

周りに人がいることも気にせず、セレナが勢いよくレオンスの胸に飛び込んでくる。

「どうして君が宮殿に？」

「昨日までアリューシアと一緒に中央教会にいたんですが、レオンス様に会いたくて……。アリューシアに頼み込んで馬に乗せてもらい、二人で抜け出してきたんです。宮殿の中へは、王様に事情を説明して入れていただきました」

「そうだったのか」

セレナは、宮殿の中に溶け込めるようにと国王が配慮したのか、侍女達が身に着ける服を着ていた。

「アリューシアから話を聞きました。私に怪我の治療をさせてください」

「いや、軽い打撲だから大丈夫だ」

「でも……！」

涙を浮かべるセレナに苦笑して、レオンスはそっと彼女の目尻を拭《ぬぐ》った。

「君に負担をかけたくないんだ」

治癒《ちゆ》能力を使うと、その分セレナが体力を消耗することをレオンスは気にしているのだった。

「それに、すぐ応急処置をしてもらったから今は痛みもない。君の気持ちだけで充分だよ」

「……わかりました。でも、少しでも辛くなったら必ず教えてくださいね？」

「ああ」

約束ですよ、と溢《あふ》れそうになる涙をこらえて微笑みを向けてくるセレナ。レオンスは、彼女を心から愛しいと思った。

「……セレナ」

「レオンス様」

ブランデルが咳払いをして注意した。

「王がお前に話があるからここに呼ばれたんだぞ。いちゃつくのは後にしろよ。俺とアリューシアだって我慢してるのに」

ブランデルの告白に、一番驚いた様子を見せたのはセレナだった。

「えっ……そうなの!?　いつから？　全然気付かなかった！」

「い、いや、セレナ様、私とブランデルは、そ、そのような仲ではなくて……」

「言ってくれればいいのに。アリューシアったら！」

頬を膨《ふく》らませてむくれるセレナに、アリューシアは全身を真っ赤にして言い訳を始める。

「いえ、その、もう、違うというか……」

「もう違う？　ブランデル様とは遊びだったの？」

セレナの突っ込みに、アリューシアはますます赤くなる。

「あ、遊びではないですが、結婚できるわけでもないですし、その……」

レオンスがブランデルのほうを見やると、彼が珍しく表情を曇らせている。アリューシアの発言がよほどショックだったらしい。レオンスは慌てて言った。

「待ってくれ、アリューシア。ブランデルは調子のいい所もあるけれど、優秀な男だ。きっといい伴侶《はんりょ》になると思うぞ」

「ブランデルが嫌なんじゃない！　そうじゃない……私は聖女を守る騎士だ。そしてブランデルはヴァンパイア一族の者……相容《あいい》れることなどない……」

アリューシアの声が段々小さくなる。

その時、国王の咳払いが聞こえて、四人はハッとその方向を見た。

「君達、私の存在を忘れていないか？　勝手に盛り上がって、勝手に落ち込まんでくれ」

国王に「まずは座りたまえ」と促《うなが》され、それぞれが空《あ》いた椅子に腰を下ろしていく。

国王がセレナの隣の椅子に腰かけるのを待ってから、レオンスは彼女の斜め前に座った。

「――さて、聖女とヴァンパイアの関係についてだが……。どうやら宮殿側と教会側で伝わり方に相違があるようだ」

国王はおもむろに口を開いてそう言った。

「王は、どのように聞いておられるのですか？」

レオンスが尋ねる。

「聖女伝説の通りだ。聖女の力によって改心したヴァンパイアが忠誠を誓い、共に魔物を退《しりぞ》けた、と」

アリューシアがその後に続いた。

「教皇は、聖女がヴァンパイアの子孫を産むための生《い》け贄《にえ》にされてきたと言っていましたが……」

「そんな話は聞いたことがないよ。もしそれが事実なら、教会はもちろん、歴代の国王も黙っていなかったはずだ。聖女もこの国の民《たみ》であることに変わりないのだから。それに、ヴァンパイアの当主は長年にわたって護国将軍の職に就いているんだよ。そんな立場の者が生《い》け贄《にえ》をよしとしていたとしたら、私たち王族の間でも大問題になっていたはずだ」

「……でも、教会の人間がむやみに嘘をつくなんて、とても考えられません」

セレナがそう呟《つぶや》くと、レオンスが口を開いた。

「教会ではなく、今の教皇が勝手に言い出しただけではないだろうか？」

国王が「うむ」と頷《うなず》いて同意した。

「あり得なくはない。あの方は就任前から評判がよくなかった――そして今でも」

「そうだとすれば、誤りであると教皇に認めさせなければ」

誤った言い伝えが広まれば、ヴァンパイア一族の――クレッシュ家の存亡の危機に関わる。

レオンスは息を吐く。

「真実がどうであったとしても、私はセレナ様を守る」

アリューシアが声を振り絞る。

「セレナ様が五つの頃から守ってきたんだ！　いつか、他の歴代の聖女と同じように晴れやかな舞台に立つのだと信じて……！　私はセレナ様の成長だけを楽しみに生きてきた。大切な人を、ヴァンパイア一族に殺されてなるものか！」

「ヴァンパイアが聖女の力や命を奪うとは限らないだろう？」

ブランデルがたしなめたものの、アリューシアは納得がいかないようだった。

「俺達の意見としては、教会側が、聖女が結婚していたという事実の露見《ろけん》を恐れたんじゃないかと睨《にら》んでる。だが、まだ確証がない。もう少し調べる時間が欲しいんだ」

「駄目だ！　レオンスにヴァンパイアの血が流れているのは事実だろう。もし、セレナ様がそのせいで危険な目に遭《あ》ったら……。聖女が犠牲になるなんて宿命は、今ここで断ち切らなければいけないんだ」

　アリューシアの訴えは切実だった。

　レオンスが、セレナと共にありたいと思う気持ちは変わっていない。

　だが、教皇の話したことが真実だとしたら——自分がセレナといるのは、彼女の自由を奪っていることに繋《つな》がるのではないか。

「私は、それでも構いません」

　レオンスの眼差《まなざ》しを知ってか知らずか、セレナがはっきりとそう言った。

「聖女としての宿命が、ヴァンパイアにこの身を捧げることであったとしても、私はそれに従いたいと思っています。周囲がそれに反対しても、私はレオンス様を愛しているという気持ちを大事にしたい」

　セレナは真っ直ぐに前を向き、アリューシアを見つめる。

　その瞳には迷いなど見当たらなかった。

　アリューシアが、震えながらセレナに尋ねた。

「……恐ろしくないのですか？」

「ええ」

「この男と一緒にいたら、自由を奪われて死んでしまうかもしれないのですよ？」

「きっと大丈夫」

「なぜそう言えるんです⁉　どこにそんな根拠があるんですか？」

セレナは小さく笑って言った。

「私、レオンス様からヴァンパイアだって告白されても、怖いなんてちっとも思わなかったの。それどころか嬉しかった。だから私も聖女だと告白したのだけれど、彼は二人で乗り越えていこうと言ってくれて――。最初から障害があるとわかっていても受け入れてくれた、レオンス様の真っ直ぐな優しさを好きになったの」

「セレナ……」

斜め向かいに座っていたレオンスが、セレナの手を握り締める。

「俺は今まで護国将軍としての職務を全《まっと》うすることに気を取られてばかりで、自分の恋は放棄していた。と言うより、恋や結婚に興味がなくて……。いずれは跡継ぎを作るために結婚しなくてはいけないだろうが、きっと母が痺《しび》れを切らして、相手を探してくるだろうと悠長に構えていた――そんな現状に突然セレナが現れたんだ。一気に自分の心が華やいだよ。一目惚れは本当にあるんだな、と。ヴァンパイアと聖女だから一緒にいるんじゃない。一人の女性としてセレナを愛してると、はっきり誓えるよ」

二人が手を強く握り合うのを見て、アリューシアは深いため息を零《こぼ》す。「行こうか、アリューシア」と国王に促《うなが》され、ブランデルと共に三人で部屋を後にした。

通路を歩くアリューシアが口を開く。

「国王、よろしいのですか？　せっかくお会いできたのに」

「いいんだよ……遠くで見守るだけでいい」

そう笑ってみせるが、国王の顔には寂しさが見え隠れしている。

「父親が国王だとわかれば、セレナ様はきっと喜ばれると思いますよ」

アリューシアの言葉に、ブランデルは目を見開いた。しかし、口を挟まずに、ただ二人の話に耳を傾けている。

「アリューシア、今回は私を頼ってくれてありがとう。間近でセレナを見ることができてよかった。これからも、レオンスと共にあの子を守って欲しい」

国王がそう言うと、アリューシアは尋ねた。

「二人の関係をお許しになるのですか？」

「あの子は聖女であるより一人の女性でいたいと望んでいる。レオンスもあの子を愛している。信頼に足る男だよ、彼は。二人が、これから起きる障害を覚悟してでも一緒になりたいというのだから、私達はそれを支えてやるべきだと思う」

――私とあの子の母親には、できなかった覚悟だ。

追想して話す国王の顔は、大切な思い出に浸っているようだった。

「アリューシアも後悔しないように。ブランデルとよく話し合ってくれ」

部屋は好きな場所を使うといい、と言って去っていく国王の背中に、アリューシアとブランデルは頭を下げた。

†††

貴賓室《きひんしつ》に残ったレオンスとセレナは、熱い口付けを交わしていた。

レオンスの舌が、セレナの口に入り込み上顎《うわあご》を舐《な》める。

舌を絡ませてから吸い上げて、セレナの全てを吸い尽くそうとする勢いだ。

下顎《したあご》や歯茎までねっとりと舌で愛され、セレナはそれだけで腰が立たなくなりそうだった。

「レ、オンス……さ、ま」

途切れる呼吸に声を乗せ、セレナは必死に彼の名を呼ぶ。

レオンスの唇が、若々しい果実のようなセレナの唇から離れ、鼻先や頬骨、耳朶《みみたぶ》に噛み付くように重なる。

(獣《けもの》みたいだわ――)

貪《むさぼ》るように自分の顔や髪に唇を落としていくレオンスを、セレナは愛しく感じる。

(だけど……)

レオンスの大きな手が、自分の尻を包んで揉み出したことに焦る。

「駄目……っ、こ、こんな所では……！」

感じ出した身体を抑え込み、セレナはレオンスに訴えた。

「平気だよ。客室なんだし、『好きに使え』と扉の外から聞こえた」

それが本当かはわからないけれど、彼を信じたセレナはレオンスの身体にしがみついた。

「――ん」

服越しにピッタリと密着すると、さらに彼を体感できる。

厚い胸板から聞こえてくる鼓動。きつく抱き締める腕の逞《たくま》しさ。肩に流れる絹のような銀髪《ぎんぱつ》。

どれもがセレナの胸をくすぐり、温かい痺《しび》れが生まれる。

(ずっとこうしていたい。ずっと、レオンス様に触れていたい)

彼に対する欲求と支配欲。それを上回る幸福な気持ち。

「私……レオンス様といると、普通の一人の女性なんだって思えて嬉しくなるんです」

「そうか……」

セレナは物心付いた頃から、聖女として振る舞わなくてはならなかったのだ。

――足首にある聖女の証《あかし》のために。

「この痣《あざ》がなかったら、私、普通の村娘としてレオンス様と出会って恋していたんですね」

想像したのか、セレナは小さく笑った。

「……もしかしたら、お姫様として生まれて出会っていたかもしれないぞ？」

「そうしたら、レオンス様は私を守る騎士になっていたかもしれませんね」

クスクスと声を上げて笑い出したセレナの顎《あご》を、レオンスがやんわりと掴む。そのまま彼は、じっとセレナの目を見つめた。

「王が怒るわけだ」

「王様が？」

「何でもないよ」

「――」

再び唇が重なり、すぐにそこはしとどに濡《ぬ》れて輝く。

口腔から唾液が熱い吐息と共に溢《あふ》れ、セレナの口端から流れた。

「っ、う……ん」

息継ぎさえ許されない貪欲《どんよく》な口付けは、セレナの欲求を高めた。

レオンスの手が柔らかくセレナの背中をさすり、尻へと辿《たど》り着くと、ワンピースの裾を手繰《たぐ》り寄せる。

細かに動く指が尻に振動を与え、セレナの性感を刺激した。

「これだけで感じてしまうんだ？　ずいぶんと感じやすくなった」

「レオンス様に……触れられてる、って思うだけで……」

たくし上げられて、後ろは尻が丸見えになってしまった。

「……？　下着が……」

直《じか》に触れたレオンスは、セレナの下着がいつものドロワーズではないことに気付く。

薄くて、尻のラインに沿った布地だった。

「あ、あの……聖女専用の衣装は襞《ひだ》が多くてこんもりしているんです。動きやすいように、これを身に着けるといいと教会から与えられて……」

「見せて」

「――きゃっ！」

刹那《せつな》、レオンスがしゃがみ、スカートの裾を上げる。

「……色っぽいな」

思わず感嘆の息を吐いてしまう。

セレナは腰紐を脇で結ぶ布の少ないタイプの下着に、白の絹で仕立てた太腿《ふともも》まで長さのあるタイツを履《は》いていた。そして、それが落ちないようにガーターベルトを身に着けている。

「だが、タイツでセレナの素敵な所が隠れてしまっている」

レオンスがタイツを下げていく――端を口に咥《くわ》えて。

「あ、あ……レオンス様……」

下ろされていく際に鼻先や口が足に当たり、セレナは小刻みに震えてしまう。

「だ……め、立っていられませ……ん！」

口で靴下の片方を脱がしたレオンスは、「後ろへ」と言ってセレナを下がらせ、壁に押し付けた。

下からレオンスの舌先が伝い、ふくよかな恥丘に触れる。

「よく似合う……だが、俺に理性を失わせることになるよ」

下着の上から割れ目を舌先でなぞられ、腰がひくつく。

「手加減できないぞ……？」

「ひゃ……っ、ん！」

下着の中に指が侵入してきて、セレナは悶《もだ》える。

薄布越しにレオンスの舌が小刻みに恥丘をくすぐり、下着の中を探る指は容赦なくセレナの秘められた奥を弄《いじ》くる。

爪先で蕾を弾き、曲げた指の節《ふし》で肉花を擦《こす》り、その入り口までも刺激した。

「あっ……ひっ、っ……うぅ……ん……！」

いきなり下半身から愛撫が始まったので、セレナは戸惑っていた。

それでも強く拒絶ができずに、高まっていく快感と欲求に翻弄《ほんろう》されてしまう。

「駄目……だ、駄目……足……、た、立てませ……ん！」

自分を支える壁はなんて心許《こころもと》ないのだろう。

背中を押し付けても足は快感にふるふると震え続け、腰は淫《みだ》らに揺れた。

レオンスの骨張った指の関節が、秘裂を縁取る花弁を擦《こす》り、ヌチャリと蜜の漏《も》れる音がする。

愛蜜が滴《したた》る秘蕾を擦《こす》られて――淫《みだ》らな音と共に、セレナの腰もヒクンとより鋭い反応を見せる。

「た、立ってるの……苦しいです……！　もう、許して……！」

自分さえじっくりと見たことがない場所を、跪《ひざまず》いて愛《め》でるレオンスに、セレナは青紫の瞳を涙で濡《ぬ》らし、切なげに懇願《こんがん》する。

レオンスはセレナと対照的に、ひどく楽しそうに瞳を細めた。

「……ひど……い、レオ……、ンスさ……ま……」

壁に追いやって立たされたままで、弄《いじ》られて。

この甘く切ない痺《しび》れに身を任せていたら、自分は倒れてしまう。

「こ、こんなこと……する、レオンス様……っい、いや……あ、ああん！」

レオンスの舌が、びしょ濡《ぬ》れになった下着を避けて、肌を直接舐《な》め上げてきた。

「や、駄目……これ以上は、私、もう……！」

「もう、我慢できないのかい？　いやらしいな、セレナのここは」

「違う、の……！　我慢できな……っ、立って、倒れちゃ……！」

クスッ、と彼が笑う。

レオンス自身が欲しいのだと勘違いされたのかもしれない。セレナは「違う」と首を振った。

「いや……っ！　もうレオンス様なんか、き――きゃっ！」

勢いよく立ち上がったレオンスは、セレナを抱き上げると奥の部屋へ向かった。

そこは寝室で、蝋燭《ろうそく》の灯りに照らされていてほの暗い。

レオンスは寝台にセレナを下ろすと、濡《ぬ》れてしまった下着を外した。

「寝台に連れてきてあげたから、後は我慢してほしいな」

そう言われ、セレナはレオンスの顔を見て、つい「はい」と答えてしまった。

口調は楽しそうだが、その表情――特に瞳は、獣《けもの》のようにぎらついていたからだ。

目から光る色は赤く見えた。

「可愛い子だ。もう、俺だけのものだよ」

たくし上げられたワンピースが、レオンスの手によって呆気なく脱がされる。

上は袖なしの上質な下着を身に着けていた。

ふっくらと盛り上がった乳首が、光沢のある布地を押している。

「……ところで、この下着を上下用意したのは、教皇か？」

低く問いかけるレオンスの声は、怒っているように聞こえる。

「用意してくれたのは、お世話をしてくれる修道女さんですが……」

セレナはそう答えたが、もし事前に選んだのがあの教皇かと考えたら、寒気がした。

レオンスも同じ考えを持ったらしく、怒りが顔に表れていた。

「レオンス様……」

セレナはレオンスの頬を、両手で挟むように撫《な》でた。

「何もされていません。安心してください」

そう言って微笑みかける。

「もし何かしていたら、殺すだけでは物足りないくらいだ……！」

苦々しい顔をして残忍な言葉を吐き出したレオンスは、それを追い払うようにセレナの胸に顔を埋めた。

レオンスの手が、肌着ごと胸を鷲掴《わしづか》みにする。

セレナの張りのある乳房を、自分の顔に寄せるように強弱をつけて揉みしだいた。

「あ、あ……う、ぅう……ん、はぁ……」

彼が乳房を寄せて手を離すと、ふるん、と揺れて戻る。その感覚に、セレナの身体は内側から生まれる喜びに震えた。

レオンスの指が絹の布地の上から二つの突起を摘まみ、潰《つぶ》すように擦《こす》る。

「ひゃ……っ！」

セレナはその刺激に肩をすくめた。

布越しなのでレオンスの指の温かさは伝わらない。代わりに、つるつるした絹の冷たさが突起を襲う。

「あ、う、ん……っ！」

乳房を手のひらで揉みつつ、硬く盛り上がってきた突起をレオンスが弄《もてあそ》ぶ。

軽く布ごと引っ張ってみたり、潰《つぶ》したり、弾いたりと、動きが変わるたびに違う痺《しび》れが生まれ、セレナは絶えず甘い声をあげた。

「肌に触れずに、たったこれだけで気持ちよくなるなんて。下も蜜がこんこんと溢《あふ》れてる。気に入ったかい？」

「ち、違います……！」

セレナは、ふるふると寝台に擦《こす》り付けるように頭を振る。

一番敏感な繁みの中を、レオンスの指が突《つつ》く。

全身が過敏になるまで、丁寧に捏《こ》ね回された。

恥ずかしさのあまり、セレナは股をきつくすぼめる。

そうするだけでも、レオンスを求めるようにクチュッ、と下から淫《みだ》らな音が聞こえた。

「——ふっ……ふぁあ！　いや！　そんなことしちゃ嫌っ……！」

レオンスが、ジュッと音が出るほど強く、突起を布ごと吸った。セレナの腰が跳ねる。

そして、レオンスが片足をセレナの腹の間に割り込ませてきたため、閉じた足が再び広げられてしまう。

彼の目の前に晒《さら》されたどろどろの花園に、レオンスの膝が当たった。

「あっ！　あぁ……、あっ、あん……！　い、いやぁあん、あ、あ……！」

胸は唾液をたっぷりと含ませて吸い付かれ、忙《せわ》しなく揉まれている。

秘所に当たったレオンスの膝が動いた。

広い範囲を擦《こす》られて、すでに疼《うず》いていた下半身がひくつく。

上半身も、レオンスの舌と口が、セレナを淫《みだ》らにさせていく。

あらゆる場所から発生してくる、甘くて痺《しび》れる感覚がへその辺《あた》りで一つにまとまった。

「はっ！　はぁぁぁぁん！　……っん、うん……！　ん……っ！」

セレナの足がひきつり、全身が硬直した。

弾けた甘美な快感が、セレナの頭の中を真っ白にする。

そのくせに花園の奥からはまたどっと蜜が溢《あふ》れ、ヒクヒクと泣いてレオンスのものを欲しがっている。

「達したようだね」

レオンスが満足そうに囁《ささや》く。

「あ……、あっ……」

まだセレナの息は荒い。小刻みに揺れる胸には、レオンスの唾液で濡《ぬ》れた肌着がピタリと張り付いていた。

「セレナの胸の先が真っ赤に色付いて揺れているよ」

「い、や……ん、見ないで、ください……」

息も絶え絶えのセレナは、それだけ言うのが精一杯だ。

集中的に弄《いじ》られた箇所は未だにジンジンと痺《しび》れ、レオンスを欲し続けている。

この感覚に流される自分が恥ずかしく、朦朧《もうろう》としたまま必死に「やめて」と懇願《こんがん》するくらいしかできない。

レオンスは濡《ぬ》れてしまった彼女の肌着を脱がせ、自分の服も取り払っていく。

逸《はや》る心のせいか、いつもより手間取っているようにセレナの目に映った。

ようやく全てを脱ぎ去ると、彼女の両足を持ち上げて広げる。

「そ、そんな……！　いゃあ……ん！」

太腿《ふともも》に手を当てられて、閉じないように押さえられてしまう。

羞恥《しゅうち》にイヤイヤと頭を振り乱してセレナは抗議するが、レオンスは悪戯《いたずら》な笑みを浮かべるだけだ。

「さっき、立てないという我儘《わがまま》を聞き入れたから、後は我慢して、と言っただろう？」

「だ、だってレオンス様……、今日はずっと意地悪なことばかり私にするから……！」

「嫌なら、また立ちながらでも構わないよ、俺は」

「また、意地悪な……こと……ヒャッ……！」

太腿《ふともも》の付け根に沿って、レオンスの舌が這《は》う。

くすぐったい。

なのに、身体が反るほどにピリピリとした感覚がセレナを襲う。

「あ……っ、いゃ……っ！　あっ、あ、……っあ！」

一番感じやすい場所に近いせいなのか、刺激が伝わってはまた蜜となって濡《ぬ》れ、溢《あふ》れていくのを感じる。

「舐《な》めればどこもかしこも感じてしまう身体になっているね。セレナはいやらしくて可愛らしい聖女だ」

「あっ、いやあ……、言わない、で……」

セレナの腰がひくひくと小刻みに揺れる。レオンスはそれを感じながら、セレナの足を舌先で舐《な》め上げていく。口付けをし、たまに歯を立てないように甘噛みする。

「ひぃ、ああ……ん！　っあ、あ、あ……！」

押しては引く快感にセレナが声を上げるのは、レオンスの指が花園の奥に侵入してきたから。

クチュクチュと水音を立て抜き差しされる指が、セレナを快楽の色に深く染めていく。

「はあ……ああっ！　レオンス……さまあ……！　駄目、駄目……！」

「今日は『駄目』が多いね、セレナは。もっと素直になったらいい」

「だ……って……！　おかしく、なっちゃ……！　レオンス様、もしかして、もう足首に、噛み付い……た？」

前回もその前も、レオンスはセレナに痛みがないようにするために噛み付いた。

今回も、いつの間にか噛み付かれていたのだろうか？

そうでなければ、ここまでひどく感じるはずがないとセレナは思った。

「おかしくなっちゃいます……！　怖いの……！　駄目ぇ……！　噛み付いちゃ……」

「噛み付いたけど、歯は立てなかった。セレナは自分の身体で感じているんだ」

「……っ、う、そ……」

「嘘なものか」

レオンスの口調は優しく諭《さと》すようなものだったけれど、セレナは衝撃で涙を零《こぼ》してしまう。

「わ、私……こんなにも淫乱《いんらん》で恥ずかしい……」

「なぜ泣くんだ？」

セレナの様子にレオンスは慌てて動きを止めて、彼女を抱き締める。

「俺は嬉しい。こんなにも感じて乱れてくれて。セレナをもっと気持ちよくさせたいから張り切るぞ？」

「……レオンス様は、こんな淫乱《いんらん》な私でも……好きでいてくれますか？」

「ああ、大好きだよ」

「嫌いにならない……？」

「なるわけない」

レオンスが、セレナの頬を両手で挟んで撫《な》でた。

「愛してる。セレナのどんな姿だって愛せる」

「レオンス様……」

流した涙の跡を、レオンスが舌と唇で丁寧に拭《ぬぐ》っていく。

「でも、この淫《みだ》らな姿を見せるのは俺だけにしてくれ――可愛すぎて、絶対に誰にも見せたくない」

ちょっと拗《す》ねた風に聞こえて、セレナの胸がジンと熱くなる。

同時に、そんな彼自自身が可愛くも思えて、セレナはレオンスの鼻先にチュッと口付けた。

幼いとも言える愛情表現だが、レオンスは喜んでくれたらしく、同じようにセレナの鼻先に唇を落とす。

そうしながら、セレナの太腿《ふともも》を割って、彼女の身体の中へ入っていく。

「……っあ……ん」

すでにほぐされて柔らかくなっていたセレナの中は、レオンスのものをあっさりと受け入れていった。

愛液で濡《ぬ》れそぼった隘路《あいろ》に、火傷《やけど》しそうなほど熱いレオンスの楔《くさび》が入っては引き抜かれる。

グチュ、チュプと音が響く。セレナの身体は心地いいと啼《な》いて、快感をレオンスに伝えていた。

「すごいな……セレナの中は……これだけ濡《ぬ》れているのに、入るたびに締め付けてきて、俺の熱まで奪う勢いだ」

レオンスが呻《うめ》いて息を止め、セレナの締め付けに耐える。

「あ、あぁっ……ん、ん……っあ、レ、オン、ス……っま」

中に潜む彼の楔《くさび》がドクン、と膨《ふく》らんでは縮む。

その脈動がセレナの隘路《あいろ》を揺らし、甘い疼《うず》きを生み出していた。

「たまらないな……こうも俺を振り回して……」

「——ひゃぁっ！　……っあ！」

ズン、と身体を突き抜ける感覚がし、レオンスが最奥を突いたのだとわかった。

隘路《あいろ》を形作る媚肉を擦《こす》りながらかき分け、奥にぶつかっていく楔《くさび》はさらに膨張してきたように思えた。

「あっ、あっ！　あ、ん……っあ！　いぃっ、はあ……」

繰り返される律動にセレナはたまらず声を出し続ける。

擦《こす》られるむず痒《がゆ》さに、奥に当たる振動の弾けるような痺《しび》れに、ただ声を出すしかなかった。

「は、ぁあ……！　ん、っあ、ああ！」

痺《しび》れは、じわりじわりと身体の他の部分にも広がっていく。

セレナの嬌声《きょうせい》がいっそう甘く艶《つや》やかな色を持ち始めた。

「……色っぽいな」

レオンスがそう囁《ささや》く。

(色っぽいのは、レオンス様のほうだわ……)

耳まで犯された気分になって、セレナはぞくり、と背中を震わせる。

「きつい、セレナの、中は……」

レオンスが顔を歪《ゆが》めた。

「は、あ、……ごめん、なさい……。でも、どうしたら……っあん！」

「どうもしなくて、いい」

また耳元で囁《ささや》かれて、悶《もだ》えてしまう。

「――ふぁ……！　ん、ああん、触れちゃいやっ……！」

レオンスの手が、セレナのふっくらとした乳房を揉みしだく。

人差し指と中指の間に、感じすぎて赤く立ち上がった頂《いただき》を挟みながら。

中に熱く逞《たくま》しい楔《くさび》を入れられたまま、胸も揉まれ、セレナは二つの快感に何も考えられなくなっていた。

上半身にも下半身にもやってくる、逃れようのない甘い痺《しび》れ。

「あ、あ、っあ……！　ひぃ、あ、レオ……ン、スさ……ま、駄目で、す、私、もっ……」

「身体が、達しそうになっているんだ。――イッてしまうといい」

レオンスはそう言うやいなや、頂《いただき》を強く吸い、ズン、と腰を一つ強く打ち付けた。

「はあっ、ああああああん、んんん！」

二つの快感が繋《つな》がり、深い絶頂がセレナを襲った。

ひくつく身体が大きく揺れて、足がピンと伸びる。

「レオ、ンス様……っ！　あ、また……！」

まだ熱が治まらない身体に追い打ちをかけられた。

激しく頂《いただき》を吸われ続け、今度は楔《くさび》が隘路《あいろ》の中を広げるように回る。

奥へと向かっているだけの単調な動きだったのが、媚肉を抉《えぐ》るように回る動きが加わり、セレナは新たな快感に身を捩《よじ》る。

「いい、……っんあ……！　あ、あ、っあ！　は、あ……あ、あ、……！」

中を擦《こす》られる度に身体がひくつく。

「だ……めっ……！　おかしく……これ以上おかしく、なったら……私、ひぃ、ん……私じゃなくなっちゃ……！」

セレナは、快楽を与えられるのが怖くなってきていた。

これ以上続いたらどうなってしまうんだろう？

(おかしくなってしまう……？)

ゾッとしたけれど、そんな思いもすぐレオンスがよこす痺《しび》れる甘さのせいで、どこかに行ってしまう。

セレナはまとまらない考えを喘《あえ》ぎと共に口から吐き出した。

「や……、あぁ……！　おかしくなっちゃ……あ、だめ……ぇ！」

「一度、なってみるか……？」

レオンスがそう囁《ささや》き、痣《あざ》のあるセレナの右足を掴み、自分の口元へ引き寄せた。

「――っん！」

ちくん、とした痛みが走る。

「あ――っ！　駄目なのに……！」

刹那《せつな》、トクン、と小さく身体が震えた。

噛まれた足首から、急速に何かが流れてくる。

三度目になれば、セレナもさすがにその正体がわかっていた。

淫《みだ》らな感情をかき立てるもの――

「駄目……そんなこと……！」

すでに達して熱くなっている身体は、抵抗なくそれを受け入れる。

「……っあ、ああ……！」

ひくついていた身体が一端静止したかと思うと、セレナは背中を反らせて達した。

「……くっ、セレナの中がすごいことになっているぞ……」

レオンスと繋《つな》がった場所から漏《も》れる愛液が、どれほどセレナが感じているかを証明している。

「レオンス様……」

自分の声が、いやに色っぽくて艶《なまめ》かしい。

特徴的な青紫色の瞳は艶《つや》めいた光を宿して、レオンスを見つめる。

「いいの……気持ち、いい……」

少し前の、切羽詰《せっぱつ》まった声音《こわね》ではない。快楽を受け入れた声だ。

もっと欲しい、と言わんばかりにセレナが腰を揺らす。

「俺を呑み込んで自ら腰を振るなんて……可愛い聖女だ」

「もう、聖女……じゃなくていいの……レオンス様のお嫁さんになるから……」

セレナのうっとりとした表情に、レオンスも顔を綻《ほころ》ばせる。

「俺の花嫁になるならもっと――はしたないことを覚えないと」

レオンスの指がセレナの繁みをかき分け、秘蕾を突《つつ》いた。

「――あんっ！」

抽挿《ちゅうそう》によって擦《こす》られ続けていたせいなのか、ふっくらとなり、赤く色付いている。

レオンスが指の腹で丁寧に押したり、撫《な》でたりすれば、セレナはまたも感じて腰を揺らして喘《あえ》いだ。

セレナが腰を捻《ひね》ると楔《くさび》を押し込んだ隘路《あいろ》が捩《よじ》れて、レオンスは快感に唸《うな》る。

「……我慢するのもきついな」

レオンスはセレナの身体を反転させ、うつ伏せにする。

「……レオンス様……？」

腰を掴まれたセレナは、ぼんやりとした表情で首を傾《かし》げる。

「う……しろ？」

次いで、セレナはくい、と尻を持ち上げられた。

「あっ――っ！　あっ、あ、っあ……あ、ん！」

再び、セレナの中をレオンスが貫《つらぬ》く。

ゆっくり抜き差しされる楔《くさび》が、次々と快感を生む。

（身体の向きを変えるだけでこんなにも感じ方が違うなんて……）

「あ……ん、レオンス様……、後ろ……背中、変……」

ごりごりと削るような抽挿《ちゅうそう》が続いた。

肌がぞくぞくと粟立《あわだ》って、くすぐったい愉悦《ゆえつ》にセレナは震えた。

「感じてくれているようだな……嫌な感じはするか？」

「い、いえ……、変な、気持ちよさ……ですっ……」

「――なら、このままで……」

「ああん……！」

反り返るレオンスの楔《くさび》が勢いよくセレナの隘路《あいろ》を擦《こす》り上げて、奥、そのまたさらに奥、と押し入ってくる。

「いぃ、ぁあ……ん！　ひぃいん……い、いい」

セレナは顔をシーツに押し付け、襲ってくる衝撃に耐えた。

この体勢による苦しさなど少しもなかった。

レオンスの抽挿《ちゅうそう》がたまらなく気持ちいい。深く深く、時折、中を広げるようにかき回す。

自分の花芯は、ぐちゃぐちゃと蜜が音を立てていた。互いの身体がぶつかる音もする。

「あっ、あ、あ……！　ん……！　す、すご……いの……！」

「何がすごい……？」

「レオ、ンス様の……が……！　いっぱい、いっぱい……入って……！」

「セレナは、どこが一番気持ちがいい？」

「あ……っあ……、そこ……」

「そこ？」

ふっ、と息を吐き出すようにレオンスが笑う。

「ここかな」

そう言って手を伸ばし、花開く直前のように膨《ふく》らんだ、セレナの秘蕾を摘《つま》んだ。

「——ひぃあ……ん！　そこも、いい、の……でも、ああ、っあ……」

後ろからぐいぐいと押し付けるように攻められる。

レオンスの硬く熱い楔《くさび》がみっちりと入っている上に、一番敏感な場所まで弄《もてあそ》ばれたら、喘《あえ》ぎ声しか出せない。

「ほら……どこ？」

息の荒いセレナを急《せ》かすレオンスの声音《こわね》は、どう聞いてもからかっているようだ。

「ず……る、い……あん、また……！　あぁあ……っあ！」

指の腹で擦《こす》られ、ますます性感を高められたセレナは、淫《みだ》らな声を上げ続ける。

そしてシーツをちぎれそうなほど握り締めていた手を、下肢のほうへ動かした。

「こ……こ……」

白く細い指で、探るように自分の花芯に触れる。

結果として、セレナの中に埋まっている、レオンスの楔《くさび》の付け根にも触れることになった。

セレナの予想外の行動に驚いたレオンスだったが、白い羽根のようなセレナの指が自分のものにそっと触れたことに興奮を覚えたらしい。

「セレナ……！」

「きゃっ！」

後ろに回された彼女の手首を掴む。

セレナの背中に口付けた後で、レオンスは彼女の細い腰を再び掴んで持ち上げた。

膝立ちになりながら、再びセレナを後ろから激しく攻め立てる。

「あ、あ、っあ……んあ……レオンス、さまぁ……！　いいの……！　中が……気持ち、いいの！」

隘路《あいろ》を塞《ふさ》がれたまま、あちこちを弄《いじ》られたセレナの身体は紅潮し、汗が玉になって流れ落ちる。

それはレオンスも同じで、鍛《きた》え上げた身体からは汗が弾け飛んだ。

「はぁ、ああ……！　いぃ……っあ、また……変になっちゃっ……！」

「……っ！　いい……よ、共にいこ……う」

掴んでいた手を離したレオンスは、セレナの腰を掴み直して激しく抽挿《ちゅうそう》を繰り返す。

その激しさに、セレナの金髪もうねって跳ねる。

「あっ……！ふっ、ああ！　あ、あ、ん！　ああああああ！」

「──！」

セレナが切なく声を上げる。そしてレオンスの動きが止まった。

中で蕩《とろ》ける液が弾けて、セレナを熱くした。

レオンスの欲望が隘路《あいろ》を埋めていく。

セレナはそのまま倒れるように寝台に横たわり、覆《おお》い被《かぶ》さるレオンスの逞《たくま》しい身体と熱に包まれた。

6　教皇の要求

次の日、セレナとレオンスは朝一番に国王の所へ出向き、結婚の意志を伝えた。報告を受けた国王は少し寂しそうな表情をしながらも喜んでくれて、「朝食を共にしよう」と誘ってくれたのだった。

レオンスは国王直属の騎士であるため報告の義務があるが、問題はセレナだ。

聖女であるセレナは教会の管理下にあり、婚姻は禁止されている。

他に聖女の証《あかし》を持つ女性が見つかれば、御役御免《おやくごめん》となる可能性はあるが――

「今まで、同じ時代に二人出現したという話は聞いたことがないなあ……」

国王は眉間に皺《しわ》を寄せながら、紅茶を口に運ぶ。

「私も聞いたことがありません。王様もご存じないとしたら……やっぱり、私が死ぬまで一人しか出現しないようになっているんでしょうか……？」

セレナはガッカリして、手にしていたパンを皿に下ろす。

「王、何か手立てはないでしょうか？」

レオンスも教会が絡む話になると、一般的な知識しか持ち合わせていない。

「……そうだねえ……」

国王はティーカップをソーサーに戻しながら、セレナとレオンスを交互に見つめる。

「聖女の結婚が禁じられたのは、つい最近――四年前に今の教皇がその地位に就いた時でね」

「そうなんですか!?」

その事実を初めて知ったセレナは、少々憤慨《ふんがい》したような顔をした。

「それまではあやふやだったから『聖女の立ち位置をきちんとしよう』と教皇が提案してね。もっともだと感じて賛成した者が多かったのだよ。そして、教皇と聖女は教会の中では同等の位置とされ、教皇と同じく独身でいることが決められたんだ」

「……最近になって、結婚してはならないと聞かされた理由はそれだったんですね。私が年頃になったから、神父様は話してくださったのかと思っていました」

「王。話を伺《うかが》う限り、聖女というのは、四年前まで自由な立ち位置にいたことになりますね――それが許されていたのは、なぜでしょうか？」

レオンスが素朴な疑問を投げかけた。

「聖女が教会の預かりとなったのは、その能力が『神からの授かり物』とされたからだ。けれど聖女は、王侯貴族、商人に農民と、いつの時代も身分や信仰に関係なく誕生してきた。だから、恋愛や結婚に関する規律もさほど厳しくなかったんだ。何より重要なのは、治癒《ちゆ》能力を活用したり、国の行事や式典で国民の前に姿を見せたりして、聖女の存在を知らしめることだと考えられてきたからね」

なぜ、自分の代になって、それが変わってしまったのか――。セレナはがくりと肩を落とす。

国王はその様子を見て、セレナを励ますようにそっと肩を叩いた。

「落ちこんでいるだけでは何も変わらない。今はとにかく、君達が無事に結婚するための道を探ろう」

国王の言葉を受け、セレナは顔を上げて「ありがとうございます」と礼を述べた。レオンスも頭を下げる。

「私のほうから教会側へ交渉しようか？」

「しかし……表立って王が動いては、王族と教会の争いだと世間は受け取るでしょう。なるべく、クレッシュ家の当主と教会とのいざこざと見られるようにしたほうがよろしいかと思います」

国王の提案を、レオンスはやんわりと断る。

「……最近、王と教皇が不仲だという噂も飛び交っております。宮殿に勤める信仰の篤《あつ》い者達の反感をこれ以上買うのは、得策ではないかと」

加えて告げたレオンスの言葉に、国王は残念そうに目を伏せる。しかし、すぐに「そうだな」と納得し真顔で頷《うなず》いた。

レオンスも神妙な顔付きになり、姿勢を正す。

「それから――王に二つほどお願いがございます」

「何かね？　私ができることならやろう」

国王がそう言う時には、大抵聞き入れてくれることをレオンスは知っていた。

「まず一つ目は、護国将軍の地位をお返ししたく存じます」

「……何？」

国王の片眉が上がる。レオンスは表情を崩さず話を続けた。

「先日のアリューシアとの決闘で、『将軍が聖女に悪戯《いたずら》に手を付けた』という話が広がっています。私の部下達の中にも信心深い者が大勢おります。もちろん、彼女への思いは真剣で、遊びなどとは微塵《みじん》も思ったことがありません。——しかしながら、私への抗議の意味で退職を希望する者や、抗議文を王宛てに出した者もいると聞きました」

「……君の従者は、情報を集めるのが早いね……」

恐れ入ります、と頭を下げた後、レオンスは体勢を戻して二つ目の願いを口にした。

「そして二つ目ですが、しばらく、セレナを王のもとで預かっていただきたいのです」

「レオンス様!?」

これにはセレナも驚き、抗議の声を上げた。しかし、レオンスは構わずに話を続ける。

「最初、私の実家に連れていこうかと考えたのですが、当分はこの宮殿で、王のそばにいるほうが安全だと思い直しました。この獅子宮《しきゅう》は、王と王太子達が信頼する者しか出入りを許されない場所ですから」

レオンスがそう言い終えた直後、セレナは「いや！」と彼に抱き付いた。

「レオンス様と離れて暮らすなんて、そんなの嫌です！」

金糸のような髪と共に青紫の瞳を揺らして、セレナは激しく拒絶した。

「セレナ……少しの辛抱だ」

レオンスは、国王の恨めしげな視線を気にしつつも、泣きじゃくる彼女の頭を撫《な》でながら諭《さと》す。

「私の実家より、ここのほうが安全なんだ」

「でも……っ！」

「王子達や彼らの側近は、皆とてもお優しい方ばかりだ。王を見ていればわかるだろう？」

「……」

セレナはようやく顔を上げ、涙を指で拭《ぬぐ》いながら国王に顔を向ける。

国王は穏やかな雰囲気を出して、彼女に微笑みかけた。

「セレナ、王は本当に素晴らしい方だよ。きっと君によくしてくれる。——花嫁修業だと思ってくれ」

レオンスのその言葉に、セレナの頬が薔薇《ばら》色に染まる。

「花嫁修業……。そうですよね。ゆくゆくはレオンス様の妻となるのだから、貴族社会の行儀作法を身に付けないといけないですし、言葉遣いも直さないと。それに、教養も……」

「ここはセレナに、最高の教育を受けさせてくれる——そうですよね？」

「ああ、もちろんだ。君は私のむす――じゃなく、レオンスの婚約者として大船に乗った気分でいてくれ」

「お言葉に甘えてしまっていいのでしょうか？」

セレナが心配そうに眉を下げて尋ねると、国王はとびきりの笑顔を見せた。

「構わん。どうせならここに住んでもいいのだよ？　私は女の子には恵まれなかったからね。娘ができたようで嬉しいよ」

セレナがレオンスの顔を見上げると、彼は笑顔で言った。

「お願いしよう、セレナ」

そこでようやくセレナも明るい笑顔になり、「当分ご厄介になります。よろしくお願いします」と国王に頭を下げた。

「それから――セレナの件は承諾したが、レオンス、君の離職の件は却下する」

国王のレオンスに向ける視線は、厳しいものだった。

「護国将軍という大役は、クレッシュ家の優秀な当主が務めてきた職だとわかっているだろう？君以外の誰に任せろと言う気だね？」

「ブランデルが適任かと……」

レオンスの従者であり友人、そして親戚でもある人物の名を彼は口にした。

ブランデルは親戚で年も近いからという理由だけでレオンスの従者に選ばれたたわけではない。

クレッシュ家の当主であるレオンスを護衛できるだけの才覚があると認められたからだ。

「彼の身体能力も才能も、俺と同格だと思っております」

多少おちゃらけた部分はあるが、重職に就けば落ち着くだろう。

「では、君は今抱えている仕事を放り投げて、逃げるというのかね？」

「……それは」

そう言われると、言葉が出ない。

「今、職を離れれば、護国将軍が聖女をたぶらかしたという噂を認めたことになるぞ？　君はセレナとのことは本気だと言った。その言葉に嘘はないのだろう？」

「もちろんです」

「なら、逆境に立ち向かってみなさい。ヴァンパイア一族の誇りにかけて」

レオンスは、困ったように肩を揺らした。

「王の言うことは確かに正論ですが……。よろしいのですか？　私を宮殿に――貴方《あなた》のそばに置いておくことで、他の臣下達から反感を買うかもしれないというのに……」

「それは、これからの君の行動次第だね」

「善処します」

まあ頑張りなさい、と楽しそうに笑う国王に、レオンスは拗《す》ねた風に「はい」と返した。

セレナは二人の間に流れる温かな空気を感じ、彼らの深い絆を見たようで嬉しくなった。

†††

「よかったわ、アリューシアも獅子宮《ししきゅう》に出入りすることが許されて」

「私も嬉しいです」

身体全体で喜びを表すセレナを見てアリューシアは微笑んだ。

昨日、宮殿にやってきた二人に対して、国王はしばらく獅子宮《ししきゅう》に滞在することを許可してくれた。

国王から与えられた獅子宮《ししきゅう》の部屋は白を基調としている。家具には貝殻や小石のモチーフが装飾として付けられていて、薄紅色で統一されていた。

「可愛らしい部屋だけど……本当にいいのかしら？」

「どこの部屋も、似たようなものだと思いますよ」

「もっと質素でいいのに……壊してしまったりしたらどうしよう……」

「大丈夫ですよ。壊してもすぐに直してくれる修繕師が、宮殿にはいつでも待機しているものです」

「ならいいけれど……」

落ち着かずウロウロしているセレナの前に、突然二人の侍女が姿を現した。

ずっと部屋の隅で待機していたのだが、それに気付かなかったセレナは、「きゃっ！」と悲鳴を上げてアリューシアに飛び付いた。

「驚かせてしまい、申し訳ありません」

二人の侍女は、セレナの様子に恐縮して頭を下げる。

「しばらくセレナ様のお世話をさせていただく、デボラと申します」

「ターナです。よろしくお願いします」

「……は、はい。こちらこそ、よろしくお願いします」

セレナもつられて一緒に頭を下げた。それを見たアリューシアが口を開く。

「セレナ様、一緒にお辞儀をしてはいけません。レオンス殿の奥方になるのなら、ご自分の立場にも慣れていただかないと」

「そ、そうでした……」

アリューシアに注意され、セレナはガクリ、と項垂《うなだ》れた。

侍女二人はセレナとアリューシアのやり取りをにこやかに見守りながら、セレナに「湯あみの用意が整いました。冷めないうちにお入りください」と促《うなが》してくれた。

「は、はい！」

二人の侍女に連れられていくセレナの後ろ姿を、アリューシアが見送る。

セレナが湯あみを終えて戻るまでゆっくりしていようと、アリューシアが控え室に足を向けた時――

「ア、アリューシア！」

セレナが大声で叫びながら戻ってきた。

ビクッと足を止め、振り返ったアリューシアの目に飛び込んできたのは、辛うじて身体を隠せる程度の小さな湯あみ布で前を覆《おお》い、走ってくるセレナの姿。

「どうしよう……お母様の形見のアンクレットを中央教会に忘れてきてしまったの！　聖女の衣装に引っ掛かると生地を傷《いた》めてしまいそうだったから、外して枕元に置いたまま……」

「……えっ？」

アリューシアも、もちろんセレナも、顔を青くして固まった。

†　†　†

その翌日、セレナは獅子宮《ししきゅう》にある国王の部屋で涙を流していた。アリューシアが戻ってこず、不安のあまり国王に助けを求めたのだ。

アンクレットは大切な母の形見だけれど、中央教会に取りに行くのは躊躇《ためら》われた。黙って抜け出してきたこともあり、もし教皇に見つかれば、再び王宮に戻ることはかなり難しくなるだろう。

だが、アリューシアはセレナを気遣い、自分が取り戻しに行くと言ってくれた。

危険だからと何度も止めたけれど、アリューシアは「協力者がいるから」と言って譲らなかった。

そして――彼女は丸一日経《た》っても戻らず、何の連絡もない。

すがるように訪れた国王の部屋で、セレナは涙に暮れ、国王は「きっと大丈夫だ」とセレナを励ましていた。

そこへ、侍女がブランデルの来訪を告げ、国王はすぐさま彼を招き入れた。

セレナはブランデルを見た途端、再び大粒の涙を零《こぼ》した。

「ブランデル様……」

「セレナ殿……？　一体どうされたのですか」

「アリューシアが……！」

「アリューシア？　彼女に何かあったのですか？　王、これは一体……」

ブランデルの問いかけに、国王は困ったような顔で腕を組んだ。

セレナが必死で言葉を紡《つむ》ぐ。

「アリューシアが、昨日の夜にここを出たきり、戻ってこなくて……！」

「えっ……？　まさか――実は、レオンスも昨日から不在で、俺はきっと、王が事情をご存じだと思ってここに来たんです」

セレナは、ブランデルに昨晩の事情を話した。

「まさか……二人で教会へ？」

どうして俺を頼ってくれなかったのかと落ち込むブランデルをなだめながら、セレナは昨日のアリューシアの様子をブランデルに告げる。

「協力してくれる友がいると言っていたので……」

「それがレオンスだと？」

三人とも首を傾《かし》げたが、とにかく教会から戻ってこないのはおかしい。

国王は、早急に手紙と使者を教会に送った。

†　†　†

使者と共にアリューシアが王宮へ戻ってきたのは、翌日のことだった。

呼び出しを受けたセレナとブランデルは、急いでアリューシアの待つ部屋へと駆け付けた。使者曰《いわ》く、国王は側近達と会議中で、終わり次第すぐに来てくれる予定だという。

「アリューシア！」

セレナが顔色の悪いアリューシアに驚いて駆け寄ると、腹の部分の服が破れている。

「アリューシア、怪我をしているわ」

「何があったんだ？」

ブランデルも深刻な顔をして、彼女を椅子に座らせた。

「治療はしてもらえたし、浅い傷だから大丈夫だ」

「行く前に、なぜ俺に相談しなかったんだ？」

ブランデルがそう声をかけると、アリューシアは、ばつが悪そうな顔をしてみせた。

「しようとしたら、いなかったから……」

「なら、せめて俺が帰ってくるまで待っててほしかった」

「口が滑ってレオンス殿に知られてしまったんだ。それで彼が『一緒に行く』と言ってきかなくて……」

レオンスの名を聞き、セレナはハッとして彼の姿を探し求めた。

「アリューシア……レオンス様は……？」

震えを必死にこらえて、アリューシアに尋ねる。

「……申し訳ありません……アンクレットを取り戻すことはできたのですが、その時にレオンス殿が私の代わりに捕まってしまって……」

「そんな――」

アリューシアの言葉に、セレナはその場にくずおれた。

「私のせいだわ……！　アンクレットなんて潔《いさぎよ》く諦めていれば……」

「セレナ様のせいではありません！　私の責任です。中央教会に忍び込んでアクセサリーを取りに行くことなど容易《たやす》いと油断していて……」

床に座り込み、泣き震えているセレナを、アリューシアが抱き締める。ブランデルも声をかけた。

「セレナ嬢、大丈夫ですよ。万が一にも、レオンスが教会の修道騎士達に殺されるなんてことにはならないはずだ。そんなことになれば、王が黙っていない。アリューシア、向こうの要求は何だ？　お前が返されたということはつまり、交換条件を提示されたんだろう？」

ブランデルの予想は当たっていたらしく、アリューシアが「ああ」と頷《うなず》きながら懐《ふところ》から手紙を出し、セレナに手渡す。

「教皇から預かったものです」

真っ白で何の飾り気もない封筒に、青い蝋印《ろういん》が押されている。蝋印《ろういん》には教皇のイニシャルが施《ほどこ》されていた。セレナは手で封を開け、急いで便箋《びんせん》を取り出し、広げて読んだ。

『麗《うるわ》しき神の申し子・聖女セレナ。貴女《あなた》を地の底へ落とそうと企《たくら》むヴァンパイアの子孫は今、中央教会におります。神はお怒りです。貴女《あなた》のいるべき場所に戻り、私と共に一生神の膝元にいると誓うなら、悪《あ》しきこの子孫を、神の寛大な教えに従い解放しましょう。さあ、お戻りなさい』

便箋《びんせん》はもう一枚あった。ほのかに香る薄紙の内容をセレナが読み上げていく。

『聖女セレナよ！　貴女《あなた》は同じく神に選ばれた特別な存在である私と共にあるべきだ！　このヴァンパイアの銀髪《ぎんぱつ》も端整な顔立ちも、貴女《あなた》を誘惑し堕落《だらく》させるために悪魔が作り出したもの！　騙《だま》されてはいけません！　貴女《あなた》の真の伴侶《はんりょ》は、神にもっとも近い場所にいる私なのです。貴女《あなた》が私の所へ来れば、神は全てをお許しになるはずです。私も許しましょう。だから、怖がらずに私の胸に飛び込んできなさい！』

その場に重い沈黙が訪れる。

苦々しい顔をして二枚目の便箋《びんせん》だけ破り捨てようとするセレナを、ブランデルが慌てて止めた。

「それは預かっておくよ。教皇を糾弾《きゅうだん》する材料にできるかもしれないしな」

「本当に気持ちの悪い男だ……！」

アリューシアが吐き捨てるように言い、セレナと手を握り合った。どちらの手にも鳥肌が立っていた。

「一枚目の内容は要するに、セレナとレオンスを交換する、ということか」

ブランデルが呟《つぶや》く。

「私が教会に戻れば、レオンス様は解放されるんですよね」

セレナが手紙を握り締めたまま、ゆっくりと立ち上がった。

「戻ります……」

「セレナ様！　いけません、あの男が素直にレオンスを解放するとは思えません！」

「でも……！　そうするしかないじゃない！　今頃、何をされているかわかったものじゃないのよ！」

「それでも……私は貴女《あなた》を危険に晒《さら》すようなことはできません」

ブランデルもアリューシアに同意した。

「アリューシアの言う通りだ。あの男の性格を考えると、たとえセレナ嬢が行ったとしても、無事にレオンスを返してくれるかわからん」

「じゃあ、どうしたらいいの？」

「とりあえず、行ってみるしかないだろう」

「え……王⁉」

いつの間にか国王がセレナの部屋のドアを開けて、話を聞いていたらしい。

「まったく、あの教皇にも困ったものだ。私のほうも彼から熱烈な恋文をもらったからね。行ってやらんと」

「……教皇は、男の方もお好きということですか？」

きょとんとした顔で尋ねるセレナに、国王は苦笑しながら答えた。

「違う違う、ちょっとした冗談だよ。君が王宮にいるのを聞きつけて、『国王自ら聖女を監禁するとは何事か』という苦情の手紙を送り付けてきたんだ。謝罪として相応の献金を積めば、このことは内密に済ませてやってもいい、とね」

国王の冗談を言葉そのままに受け止めたセレナは、顔を真っ赤に染めた。

「どこまでも性根《しょうね》の腐《くさ》った……」

アリューシアとブランデルが忌々《いまいま》しげに呟《つぶや》くのを見て、国王も一つ息を吐き出しながら頷《うなず》いた。

「一度、今の教皇と話し合わねばと思っていたしな。教会と王宮——同じ国にいて勢力を分ける組織があるというのは、時に厄介なものだ。——ブランデル」

「はい」

国王に呼ばれたブランデルは、素早く片膝をつく。

「こちらとしても、有利に話を進めたい。準備を手伝ってくれるか？」

「はい、もちろんです」

「すぐに私の所に来てくれ。他にも頼みたいことがあるのでね」

「承知いたしました」

部屋を後にした国王の背に向かって、ブランデルは短く返事をしてから立ち上がる。そして、アリューシアに近付くと、その唇に軽い口付けを落として言った。

「もう無茶するなよ。心配したんだ。後は俺に任せて休んでおけ」

ブランデルの声は静かで、それでいて悲しそうに聞こえた。アリューシアは「すまない」と素直に謝罪の言葉を口にし、ブランデルの首に手を回した。

（いいなあ……私もあんな風にレオンス様に抱き締められたい）

そのためには、一刻も早くレオンスを救出しなければならない。

セレナは静かに決意を固めた。

7　思いがけない味方

セレナとアリューシアは、ブランデルと国王からの連絡を待って中央教会に向かうこととなった。彼らは今晩、レオンス救出に向けて充分な策を練るのだという。

セレナは、与えられた部屋に移動してアリューシアからアンクレットを受け取った後、すぐさま彼女の治癒《ちゆ》に取りかかろうとした。

「アリューシア、傷を見せて」

「セレナ様、本当に大丈夫ですから」

アリューシアはセレナが治癒《ちゆ》能力を使おうとしているのだと勘付いたらしく、首を振って断った。力を使えばその分セレナの体力が削られてしまう。

「今この力を使わなくてどうするというの？」

セレナは口を尖《とが》らせ、憤慨《ふんがい》した様子を見せる。それでもアリューシアは渋ったままだ。

「私も心配なのです。セレナ様が力を使うということは、貴女《あなた》の負担になってしまうということですから」

「アリューシアの短所は、私を気にして我慢ばかりしている所よ。体調が悪い時だって、いつも我慢して私につきっきりで護衛をしているでしょう。この傷だって、本当はすごく深いんじゃないかと怖いの」

「セレナ様……」

「だから、お願い。治療させて？」

セレナが涙を溜めて必死に頼み込むと、アリューシアは諦めたように息を吐いた。

「わかりました」

アリューシアは上着を脱いで、腹に巻かれている包帯を外していく。

四角いガーゼを患部に貼り付けており、血が少し滲《にじ》んでいた。ガーゼをはがすと、腹を軽く切られているのがわかる。

「ただガーゼを当てて包帯を巻いただけじゃない。こんなの、手当てをしたとは言えないわ」

ひどい、とセレナは涙ぐみながら言う。

「セレナ様……」

「前の教皇様なら、こんなことになるはずはなかった！　今の教皇は、人間の皮を被《かぶ》った豚よ。……いいえ、豚が可哀想ね。人間の皮を被《かぶ》った悪魔だわ！」

傷口を丁寧に消毒し、清潔なタオルで優しく血を拭き取りながら、セレナは怒りを露《あらわ》にして言った。目からポロポロと涙が零《こぼ》れていく。

「セレナ様、私は女とはいえ騎士をやっておりますから。これしきの傷など、どうということはあ

りません。どうか気に病《や》まれませんよう」

「でも、傷だらけじゃブランデル様もビックリするでしょう。アリューシアにこれ以上、傷が増えないようにしなきゃ！」

ブランデルの名前が上がった途端、アリューシアの顔が耳まで真っ赤になる。

「な、何を――ずいぶんとおませになられて……」

「もう、子供扱いして。私、もう十八よ？」

「そうですよね。普通の女性なら……」

――恋をして結ばれて、結婚してもおかしくない年頃だ。

「これからは、アリューシアと恋の話ができそうね。嬉しいわ！」

「まあ……それは追い追い」

はぐらかすアリューシアに、セレナは「意地悪」と小さく頬を膨《ふく》らませた。その顔を見て、アリューシアがふっと笑って言う。

「セレナ様、治癒《ちゆ》してくださるのでしょう？　ブランデルの心配が吹き飛ぶほど、綺麗にしていただけますか？」

「もちろんよ、任せて！」

花が咲き誇るように笑うセレナを見て、アリューシアは心の中にあったしこりが小さくなっていくのを感じた。

レオンスと一緒になっても、セレナが変わるわけではない。きっと、こうしていつだって愛らしい笑顔をくれるはずだ。

セレナが自らの右足首にある痣《あざ》に触れ、聖句を口ずさむ。

模様が光り出すと、セレナはその手を離した。手のひらにも、痣《あざ》と同じ模様が浮かんでいる。セレナがアリューシアの傷の上に手をかざすと、アリューシアは傷口にチリチリとした痛痒《いたがゆ》さを感じ、顔をしかめる。

「痛い？」

「いえ……奇妙な感覚です」

味わったことのない感じだ。

「はい、終わり」

セレナが手を離した時にはもう、すっかり傷は癒《い》えていて、赤くて薄い横線が傷の痕《あと》をうっすら示しているだけだった。

「……相変わらず、すごいですね」

クス村にいた時、何度かその力が使われる所を見たことがあったが、実際に自分が体験したことで感動し、身震いする。

セレナは、アリューシアに向けてぺろっと舌を出しておどけてみせた。

†††

その日の夜。

「セレナ様、今日は色々と大変でしたでしょう？　今夜はハーブティーを淹《い》れました。穏やかに眠れますように」

侍女のターナが、様々な形の葉が入ったガラスのティーポットを持ってきた。沸騰《ふっとう》した湯によく蒸された葉の、爽《さわ》やかな香りがセレナの鼻腔《びこう》をくすぐる。

「ホッとする香りね」

「ベルガモットとレモングラスを入れて作ってみました」

ターナのにこやかな微笑みにつられてセレナも小さく笑い、早速《さっそく》カップを口に運ぶ。

柑橘《かんきつ》系の香りに見合った、爽《さわ》やかな喉ごし。植物特有の青臭さもない。

「……美味《おい》しい！」

「ありがとうございます」

あまりに美味《おい》しくて、セレナはすぐに飲み干してしまった。

「もう一杯くれる？」

嬉しそうにセレナは尋ねたけれど、ターナは笑顔で「駄目ですよ、一杯だけです」と言うから、セレナは少しガッカリする。

「そうね……飲み過ぎはよくないわよね。また淹《い》れてちょうだいね、楽しみにしているから」

セレナがガラスのティーカップをテーブルに置く。

「――そうですよ。二杯飲むと効果が強すぎてしまうので……」

「……？　何の効果……？」

「強力な眠り薬の、です」

「――！」

ターナの笑みが、深く妖艶《ようえん》に花咲く。

「ター……！　アリュー……シア……！」

アリューシアを呼ぶために立ち上がる――つもりが、あまりにも急激な眠気に襲われ、セレナはしゃがみこんでしまった。

「無駄です。彼女にも同じハーブティーを飲んでもらいましたので、しばらくは目覚めないと思いますよ」

「ターナ……？　どうし……て？」

身体を起こしていられなくなり、セレナは長椅子に横たわる。手足に力が入らない。身体が重くて眠くて、目を開けていられない。

そんなセレナに、ターナが近付いてくる。

セレナの前にしゃがむと、彼女は形だけの笑みを向けた。

「ご安心ください。しばらく眠っていただくだけです。セレナ様……」

「誰……か」

助けを呼ぼうとしたセレナの意識は、そこで途切れた。

†††

（レオンス様……）

真っ暗な闇の中。レオンスを探してやみくもに歩いていく自分の先に、銀色の光が見えた。

さらりと肩にこぼれる銀の髪が揺れ、セレナのほうを振り向くと愛しそうに微笑んでくれる。

（レオンス様だわ……！）

「よかった……無事だったんですね！」

セレナは嬉しくなって彼のもとに駆け寄っていく。

あと少しでレオンスの胸に飛び込んでいける。

そう思った瞬間、レオンスの表情が強張《こわば》った。

（――？　レオンス様……！）

彼の胸が不格好に盛り上がったかと思うと、太くて長い剣が背中からそこを貫《つらぬ》いた。

（いやあああああああ！）

自分に向かって倒れてくるレオンスを、セレナは必死に受け止める。

（――あっ⁉）

受け止めた彼の背中を見て、愕然《がくぜん》とした。

――刺さっているのは十字架だった。

「レオンス、さま！」

彼の名を叫んで、セレナは飛び起きた。

「……あ……夢……？」

セレナは安堵に手で顔を覆《おお》う。

怖かった。生々しい恐怖に、鼓動が速くなっている。顔を覆《おお》う手が濡《ぬ》れていて、夢を見ながら泣いていたのだと知った。

今、自分が置かれている状況を、セレナは冷静に判断しようとした。

辺《あた》りを見渡してすぐに、ここが王宮で宛《あ》てがわれている自分の部屋ではないとわかった。

王宮に負けず劣らず豪華な内装に、華美な調度品。――見覚えがあった。

（……中央教会の、聖女の間だわ）

ターナに一服《いっぷく》盛られ、眠らされている間に連れてこられたのだ。

ということはつまり、宮殿には教会の息がかかった者が他にもいるということだ。

そうでなければ、ターナ一人でセレナを担《かつ》いで宮殿から連れ去ることなど不可能なのだから。

とにかく、寝台から出て着替えよう。自分の着ている透けた寝衣《しんい》を見て思った。

とても高級だとわかる肌触りだが、もしかして教皇がこれを選んだのかと思うと気持ちが悪い。

だが、クローゼットを見てみても着替えらしい着替えはなかったので、寝台にかけるように用意されていた薄地のガウンに袖を通した。

「お目覚めかね、聖女セレナ」

そのタイミングで教皇が部屋に入ってきて、セレナは驚いた。

どこかで覗き見でもしていたのだろうか？　ノックもしなかった。

背中に悪寒《おかん》が走るが、セレナは毅然《きぜん》とした姿を教皇に見せる。

「教皇ともあろう方が誘拐ですか？」

「誘拐ではありませんぞ。いるべき場所に帰っていただいたのです。聖女は教会の中枢にいるべきだ。わかってくだされ」

しれっと言い返す言葉も、その様子も仰々《ぎょうぎょう》しくて白々しい。

「クレッシュ家の当主を解放してください。あの方は国にとっても大事なお方。私がここに戻ってきたのですから、もう関係ないでしょう？」

「そういうわけにはいかないのですよ。クレッシュ家の当主という身分でありながら中央教会で暴れて、聖職者達に怪我人も出ていますからな。損害賠償金の請求をしなければ。――それに」

滑るように近付いてきた教皇に、セレナは身構えた。

「聖女を拐《かどわ》かしたのです。その罪についても、審判にかけねばならない」

「だからそれは、お互い愛し合って――ひっ！」

いきなり腕を掴まれ、セレナは小さく悲鳴をあげた。

「ヴァンパイアに惑わされるとは……！　聖女の結婚は禁止だという決まりがあるのだぞ！」

「……つっ、その決まりを作ったのは教皇である貴方《あなた》だと聞いて……」

「おかしいのだ！　聖女は神が遣《つか》わした存在！　本来なら神に仕える最高位の私こそ聖女を娶《めと》るにふさわしいはず！」

「め、娶《めと》るって……教皇の貴方《あなた》が結婚できないのは、それこそ昔からこの国の規則ではないですか！」

「おかしい……！　それがおかしいのだ！　なぜ、聖職者の最高位の婚姻は許されず、聖女は許される？　神と結婚している身だから駄目だというのか？　ならば、神の化身である聖女となら、夫婦となってもおかしくはないだろう？」

教皇に掴まれた腕が痛い。

彼は感情に任せ、欲望のままに迫ってきて――セレナは寝台へと追いやられる。

「――！」

寝台のクッションが衝撃に跳ねて揺れた。教皇が自分の上に乗りかかる。

「やめて！　気持ち悪い！」

セレナの拳骨《げんこつ》が、教皇の頭に振り落とされた。

髪がないぶん衝撃も大きいのか、教皇は「ぐぅおおう……」と呻《うめ》き声をあげて頭を押さえた。

セレナはその隙に、教皇の身体の下から這《は》い出て扉に向かう。

ドアノブに手をかけようとした瞬間に扉が開き、セレナは驚いて手を引っ込めた。

入ってきたのはターナだった。自分を眠らせた犯人を目の前にして、セレナは身構えてしまう。

ターナは修道女用の膝下丈のワンピースを着て、白いエプロンを着けていた。

髪は頭巾《ずきん》とベールで、すっぽりと覆《おお》っている。

(修道女……だったんだ)

畳まれた服を持った彼女の左の薬指には、「神との結婚」を意味する指輪がはめられていた。

ターナは、教皇など気にもしない様子でセレナに微笑むと、「お仕度のお手伝いに参りました」

と一礼する。

「教皇様、セレナ様がお着替えをされますので退出をお願い致します」

「くっ……！」

教皇は忌々《いまいま》しそうにターナを睨《にら》み付ける。

彼女はそんな視線などどこ吹く風というように室内に入り、厚手のカーテンを開ける。

「あやつが、どれほど危険なヴァンパイアなのか、たっぷり思い知らせてやる……！」

教皇は、セレナに捨て台詞《ぜりふ》を吐いて部屋から出ていった。

「……」

「洗顔は済まされましたか？」

「えっ？　まだだけど……」

ターナが何事もなかったように冷静に行動するので、セレナもたった今起きたばかりの危機が夢だったように感じられた。

だが、ターナに言われて顔を洗い、ガウンを脱ぐと腕には掴まれた痕《あと》が残っていて、やはり現実に起きたことだと改めて震える。

「……ターナ、平気なの？」

「何がでしょう？」

「邪魔をされた教皇が、仕返しに貴女《あなた》に何をするか……」

教皇の執念深さを、嫌というほど思い知らされた。

だがターナは、心配するセレナに対して微笑みを返した。

「平気です。小言は言われるでしょうが、教皇は私には何もできません」

「何もできないって……。教皇のこと、怖いと思わないの？」

態度といい口調といい、ターナからは教皇に対する尊敬の念はとても感じられなかった。

「思いません。私が尊敬しているのは、修道長ですので」

「修道長……？」

「セレナ様が初めて中央教会にいらした時、お世話をされた女性です。修道女達をまとめる立場なので、修道長とお呼びしています」

セレナは「あの方ね」と言い、中年の修道女のことを思い出した。

「……あのお方は、ずっと私を慈《いつく》しみ、育ててくださったのです。貴族の子女に劣らない教育も授けてくださいました。私にとって親とも神とも言えるお方です。私がセレナ様をここに連れ戻したのは、貴女様《あなた》が逃亡したことで教皇からお咎《とが》めを受けた修道長のため」

「……ごめんなさい」

レオンスに会いたいと駄々を捏《こ》ね、セレナは教会から抜け出した――その行動が、他の人間に多大な迷惑をかけていた。

気に入らないことがあると先ほどのように激高《げきこう》する教皇のことだ。自分が黙って抜け出したせいで、修道長がひどいお咎《とが》めを受けただろうということは容易に推測できた。

「修道長は今、どうされています……？」

折檻《せっかん》を受けて怪我でもしていないか不安だ。

「……昨夜まで反省室に閉じ込められていましたが、今は解放されて自室にいらっしゃいます」

修道長を思って胸を痛めた様子で、ターナは表情を曇らせた。

不安の色を瞳に宿し、顔を伏せる。

「着替えが済んだら、修道長のお見舞いに行きたいわ。案内してください」

セレナの頼みに、ターナが顔を上げて言う。

「いけません」

「どうして？」

「セレナ様を部屋から出さぬよう、教皇様から言いつかっております」

「あら？　さっきターナは『教皇様を怖いとは思いません』と言っていなかった？　それは嘘だったの？」

「……いいえ、嘘ではありませんが……」

「何か聞かれたら、私を監視していると返せばいいのよ」

「はあ……」

目を瞬《またた》かせて歯切れの悪い返事をした後、ターナは「本当に、想像していた聖女様とは違うのですね」と呟《つぶや》いて苦笑してみせる。

どうして教皇がターナには何もできないのかわからないけれど、今追及することではないと思った。


「まあ！　セレナ様！　わざわざおいでくださるなんて……！」

「そのままで結構です」

セレナは寝台から出て挨拶《あいさつ》をしようとする修道長を止めて、はだけた掛け布を元に戻す。

「私のせいで反省室にいらっしゃったと聞いて……ごめんなさい」

改めて彼女に頭を下げる。修道長は驚いて目を見開いたが、すぐに我に返る。

「お顔を上げてください。愛し合っている方がいるのでしょう？　お若いのですもの、まだ神一筋になることはございませんわ。この国の民《たみ》が恋をして子孫を残していくこともまた、神の願いであると私は考えています」

セレナは驚いてぽかんと口を開けてしまう。

どうやら修道長は、恋愛や結婚に関して、かなり寛容な人物らしい。

「セレナ様。ターナにも言ってやってくださいな。せっかく、優良な殿方が揃《そろ》っている宮殿で働けるように手配したというのに、『私は神と結婚しています。他の殿方と一緒になる気などありませんせん』なんて言うんですよ？　まだ若いのだから、実体のないお方に恋するより、生身《なまみ》の男性としなさい、と散々言ってるというのに……」

「わ、私はこれでいいのです！　今の暮らしに満足しておりますから」

ターナは顔を赤らめながら反論した。

修道長は苦笑しながら返事をする。

「私だって、貴方《あなた》達のような時分には恋をして、友人達と恋人や好きな方の話で盛り上がったものです。若い盛りはあっという間に過ぎるのですよ？　ターナ」

「必要ありません。恋の話に花を咲かせるくらいなら、教典を読み解いていたほうが、ずっと楽しいのですから！」

はぁ、と修道長は枕に背中を預けながら息を吐き出す。

そうしてセレナに顔を向けると、「こうなのですよ。なんて色気のない……」と呆れた顔を見せた。

このやり取りをしばし呆然と聞いていたセレナだったが、おかしくなってきて声を殺して笑う。

「修道長が、こんなに気さくな方とは思いませんでした！」

――素敵な人だ。ターナが彼女に心酔《しんすい》している理由がわかる。

修道長が、少し申し訳なさそうにセレナに尋ねてきた。

「セレナ様が戻られた、と聞いて反省室から出られたのですが……よろしいのですか？」

自分が逃げ出した理由は、とうに彼女達の耳に届いているのだろう。

ターナの罠に嵌《は》まったと正直に答えれば、修道長はきっと悲しむ。

どうしようかセレナが考えあぐねていると、ターナが口を開いた。

「私が、セレナ様を眠らせて連れ戻しました」

「――!?　ターナ！」

一瞬にして空気がピンと張り詰める。

それほどに、彼女を呼ぶ修道長の口調は厳しかった。

ターナは背筋を正したものの、恐れる様子はない。

「あんなに薄暗くて寒い場所にずっといたら、修道長のお身体にさわります。現に風邪を引いて熱を出されたじゃありませんか！　私……心配で……！」

「私なら平気です。愛し合っている者達を無理矢理引き離すなんて、神もお望みではないと思うから私にはできないわ」

「私は嫌です……！　修道長に何かあったら、私……！」

身体を強張《こわば》らせながらも、ターナは自分の気持ちを素直に吐き出していた。瞳には涙が浮かんでいる。

「いいんです。ターナは何も悪くありません」

セレナはそう言ってから、修道長の皺《しわ》が刻まれた手を優しく握り締める。

「ターナだって、一番好きな人を助けたかっただけなんですもの」

「……セレナ様」

「ターナは優しい人です。育ててこられた修道長の優しさを見てよくわかりました。……だから彼女をこれ以上責めたりしないでください」

「……ありがとうございます……」

修道長とターナがセレナに頭を下げた。

「それに、レオンス様……いえ、私の好きな方は今、この教会の者に捕まって監禁されています。彼を助けるためにも、私はここに戻らなくてはならなかったから」

「修道長。教皇様は就任される前よりも行動がおかしくなっている気がします」

「……そう」

セレナとターナの話を聞いて、修道長は悲しそうに目を伏せた。

その後、セレナは修道長の熱と体調を改善すべく力を使った。

「微熱だから結構です」と遠慮する彼女を説き伏せて、聖女の治癒《ちゆ》能力を使ったのだ。初めて見る力とその効果に、二人は興奮気味に礼を言った。

「セレナ様は、真の聖女様なのですね……」

修道長が呟《つぶや》く。その言葉に引っ掛かりを覚え、セレナは首を傾《かし》げた。

「いえね……教皇様も若い頃は、純粋に神にお仕えしている方でしたの」

「そうなんですか……」

「教皇様はさる貴族の四男として生まれました。彼の父親は、子供たちに平等に教育を授けていましてね。そのうち、神学を学んだ彼は、そのまま神父になる道を選んだのです。その頃の彼は、慈《じ》愛《あい》に満ち、熱心に布教活動をしていて……素晴らしい青年でしたよ」

思い出話に浸る修道長の顔は優しく、そしてほのかに紅潮している。

「だけど……まだ神父だった頃、彼に好きな女性ができて……。結婚をお考えになりました。――だけど、周囲が許さなかったのです」

「どうして？　この国では、聖職者でも上の地位にいる人以外は結婚を認められているはずでは――」

「ええ」と修道長は頷《うなず》き、続きを語り始める。

「周囲、と言っても……相手のご両親と親族が中心でした。もっと高い身分の貴族と結婚させたかったのでしょうね。それで破談になって……それからです、教皇様がお変わりになったのは……その悲しみが原動力になって教皇の地位にまで上り詰めたのですから、結果的に彼にとっていい試練だったとも言えるのかもしれませんけど……」

「……その後、相手の女性はどうされたんですか？」

「病《やまい》で亡くなりました」

寂しそうに話す修道長の手を、セレナはそっと自分の両手で包んだ。

「お知り合いの方なんですね？」

「……ええ」

目尻に滲《にじ》む涙を払いながら、修道長は頷《うなず》いた。

「私はお仕えしていたのです、教皇様の思い人に。彼女がお亡くなりになって、私はこの道に入りましたの」

「そう……」

セレナの手に、修道長のもう片方の手が重なる。

「教皇様も人間です。障害を乗り越えて一緒になろうとしている貴女方《あなた》に、過去の自分を重ねて嫉《しっ》妬《と》している部分が大きいのでしょう。――セレナ様」

「はい」

「私はセレナ様の味方です。この後に教皇様が何か試練を与えてくるかもしれませんが……決して負けないでください。私もターナと共に応援いたしますから……」

「……はい……！　ありがとうございます……！」

セレナは嬉しくて涙が止まらなくなった。ぽろぽろと瞳から落ちる滴《しずく》を懸命に拭《ぬぐ》いながら、何度も頭を下げた。

（ありがとうございます……！）

必ずレオンスを助けてみる。

セレナは強く心に誓った。

7　糾弾

セレナが、「レオンスの真の姿を見せてやる」と言われ教皇に呼び出されたのは、日も沈んだ時間帯だった。

――中央教会大聖堂。

ここは六百年前に建てられた建築物であると、前教皇が生きていた時に教えてくれたのを覚えている。何回かの修繕、改装、増築を繰り返して現在の形となったそうだ。いくつもの柱が半円を描く高い天井を支え、喧騒《けんそう》などとは無縁の厳《おごそ》かな空気が大聖堂に満ちていた。両側の側廊《そくろう》の壁には長く大きなタペストリーが掛けられている。

セレナの視線は、自然にその先にある滑らかな造形の十字架に導かれる。

日中は窓から柔らかな光が差し込んで人々を温かく出迎えるこの大聖堂だが、夜のせいか蝋燭《ろうそく》の灯りのせいなのか、不気味な雰囲気だとセレナは感じた。

――いや、それよりセレナをたじろがせたのは、この大聖堂にひしめき合う人の多さだった。

この中央教会に勤めている聖職者だけでなく、一般の民《たみ》も大勢いる。

これだけ人がいるのに、皆一言も話そうとしない。元々静粛《せいしゅく》にすべき場所だから当たり前なのだが、それにしては雰囲気がよくない。

セレナは、まるで刺されるような、嫌悪をも含んだ空気を感じ取って不安になった。

「セレナ様……私、修道長に伝えて参ります」

付き添いのターナも、この異様な雰囲気に何か不穏なものを感じたらしい。

「お願いね」

短く頼んで、セレナは再び前に向き直る。

一人で中に進んでいくのは怖いが、そうも言っていられない。

奥で、教皇が祭事用の衣装に身を包んで待ち構えていたからだ。

セレナを呼び出した目的は、「貴女《あなた》にも民《たみ》にも、ヴァンパイアの恐ろしさを知ってもらう儀式を行うためだ」と言っていた。

一歩、また一歩と歩みを進めていく中、教皇の後ろに見え隠れしている人物に、セレナの動悸が激しくなっていく。

近付くにつれ、セレナの歩みは速度を増す。

蝋燭《ろうそく》の灯りの中でも、はっきりとわかる銀の髪。

即席で作られたのであろう粗末な十字架にくくりつけられた状態で、レオンスがぐったりと項垂《うなだ》れている。

セレナはたまらずに走り出した。

「レオンス様！」

彼に駆け寄ろうとしたセレナを、修道騎士らが取り押さえた。

「離して！　レオンス様！」

「――いけません、聖女セレナ」

教皇が低く厳《おごそ》かな声をあげた。

「この男は危険なのです。貴女《あなた》はこの男――ヴァンパイアに拐《かどわ》かされて惑乱《わくらん》されたのですよ？」

「私は、彼に拐《かどわ》かされたわけでも惑わされたわけでもありません！　互いに気持ちが通じあっただけです！」

「それは違う！　貴女《あなた》は騙《だま》されているだけです。ヴァンパイアはその恐ろしい力で、貴女《あなた》が奴に恋をしていると思い込ませただけなのです。そして貴女《あなた》を思い通りに動かし、支配する！　聖女セレナ！　目を覚ますのです！」

「レオンス様は、確かにヴァンパイアの血を引く方です。――でも、私達と何も変わりません！それに大昔にすでに彼らの先祖は改心していて、だからこそ彼も護国将軍として国を守っているのですよ」

「それが間違いなのです！」

教皇の声がより大きくなり、大聖堂に響く。

その迫力は、この広い聖堂に集まってきた者達を萎縮《いしゅく》させているように見えた。

「人の社会は人で作られていくもの……その基本を私達は忘れていました……。超人的な力を持つヴァンパイアを国の護《まも》りに置く——それは有効な手段でしょう。だが、それをしたことで、聖女と呼ばれた女性達を長く苦しめることになったのです——私達はその苦しみを断ち切らねばなりません……！」

シン……とした聖堂にパチパチと手を叩く音が聞こえてきた。それが広がっていき、やがて反響し出す。

喝采《かっさい》や口笛さえも聞こえる始末だ。

「聖女はかねてより、ヴァンパイアの生《い》け贄《にえ》とされてきました……。これは、ヴァンパイアに国を護《まも》らせる代わりに聖女に与えられた条件として続いてきたのです」

ざわざわと、聖堂が騒がしくなった。

教皇の告白に一般の民《たみ》も聖職者達も動揺したのだ。

「違う！　それは教皇の——っ！」

セレナは慌てて叫ぼうとしたが、黙れ、と言わんばかりに修道騎士に口を塞《ふさ》がれる。

「んーっ！」

頭に来て噛み付こうと試みるも、彼らは革の手袋を装着していて効果がない。

「今、私が口にしたことは今まで最高機密として伏せていましたが……私はもうこれ以上、可哀想な聖女を出したくはない……皆様にお伝えします。そして、この哀れな聖女を我々の手で救いましょう！　ここで負の歴史を断ち切ってみせましょう！」

教皇の演説は、ここにいる者達に受け入れられたようだった。

（違うのに！　このままでは、レオンス様が殺されてしまう……！）

皆が高揚しているのがわかる。

「殺せ！」と誰かが声を上げると、次々に賛同の声が上がった。

「そうだ、殺せ！」

「殺してしまえ！」

——まずいわ。

今の自分にできるだろうか。声に出さなくても、動物たちを呼ぶことが。セレナは瞼《まぶた》を閉じて、聖歌を思い浮かべ祈るように心で歌う。全ての命に捧げる喜びの歌だ。

熱い……セレナは感じた。足首の模様が熱くなるのを。

（よし……これで皆の注意をそらして、私の話を聞いてもらう機会を作れるはず）

やがて、コンコンと窓や扉を叩く音が聞こえてきた。

「何だ……？」

「あれっ!?　見て！」

窓に近い位置にいた者達がいち早く気付き、そこかしこから悲鳴が上がる。

窓の向こうの闇に光る目。扉を開けて入ってきたのは——

「く……熊《くま》⁉」

「狐《きつね》もいるわ！」

「うさぎ！　キャー！　可愛い！」

「リスもいるぞ！」

扉が開いたことに気付いた何羽もの鳥が窓から移動してきて、聖堂の中に入って飛び回る。

カラスもいる。おそらく、この辺《あた》りに多く生息しているのだろう。

鳥も動物もセレナに向かってくる。

「ヴァ、ヴァンパイアの仕業《しわざ》か！　聖女様をお守りするんだ！」

修道騎士らがセレナと教皇を囲む。

だが、鳥達がセレナを押さえる騎士を中心に攻撃を仕掛けたため、彼らは慌ててセレナの口から手を離した。

「私が動物達を呼んだのよ！」

そう叫んだセレナは、今度は声に出して歌う。

すると、動物達がゆっくりとセレナを囲み始める。

獣《けもの》は座り、鳥は羽を休め、目をつぶりセレナの歌に耳を傾けた。

「……綺麗な声……」

「何だか聞いていると幸せな気持ちになるわね……歌詞のせいかしら？」

観衆も落ち着き出し、セレナの声に聞き惚れた。

「いけません！　これはヴァンパイアの罠です！　聖女の声を通し、こうやって私達を誘惑しているのです！」

教皇が焦って叫び出した。セレナは、キッと前を見据《みす》えて言う。

「聖女には、代々それぞれに特化した能力が出るの。教皇、貴方《あなた》は知らなかったのですか？」

「……うっ、く、し、知ってるわい！」

「私は特に動物を呼び寄せる力が強いんです。このように、歌を聞くために集まってきて、聞き終えると大人しく帰っていきます。心配ありません」

セレナの言う通り、動物達は満足げな様子で大人しく引き揚げていく。

集まった一般の民《たみ》だけでなく、聖職者達も驚いてその光景を見つめていた。

「お集まりの皆さん。私は彼に誘惑されたわけでも何でもありません！　崖《がけ》から落ちた私を助けてくれたのが彼との出会いです。レオンス様は本当に優しくて紳士で……一目で恋に落ちました」

美青年だものね、と一人が呟《つぶや》き、女性達がうんうんと頷《うなず》く。

「聖女よ！　それは仕組まれたもの――」

「違います！　たまにしか外出できない私が、はしゃいで勝手に恋に落ちてしまったのよ！」

セレナはそのまま続ける。

「レオンス様も私を好いてくださって……。お互いに障害を乗り越えていこうと誓い合いました」

「で、でも、聖女は恋をしちゃだめなんじゃないのか？」

どこかから聞こえてきた男性の声に、セレナは深呼吸をしてから話を続けた。

「私は、聖女だからと、物心ついた時から行動を制限されてきました……。友人も満足にできず……。聖女は、自分を殺して生きていかなくてはならないのですか？　人を愛することさえ、許されないのでしょうか」

泣きそうになったが、ここで泣いてはいけない。

（自分の気持ち、考えを伝えなきゃ）

自分と、レオンスのために。

「私は、聖女である前に、一人の女性です。皆さんと同じ一人の人間です。聖女であると同時に、私は人として生きていきたいんです！」

まるで水を打ったような静寂が訪れる。

聖女は神の化身、遣《つか》いである――人々にはそう伝わっている。

だから、皆と同じ人間だと主張するセレナの意見に賛同する者は少なく、「やはりヴァンパイアに惑わされているのか？」と疑っているのがセレナにも見て取れた。

「聖女セレナが乱心されて……可哀想に……！　まだ年若い聖女が、ヴァンパイアの生《い》け贄《にえ》という運命を恐れて、『自分は愛されている』と思い込み、現実から目をそらしておられるとは……」

教皇がわざとらしく目頭を押さえる。

観衆もまた騒ぎ出す。

「そ、そうだ……！　聖女様をお救いしないと！」

「聖女様は、私達のために遣《つか》わされたお方！」

セレナには教皇の言葉が演技だとわかるだけに余計に腹立たしく、教皇を睨《にら》み付ける。

——小娘に負けるものか。大人しく聖女として教会のために働けばいいのだ。

教皇の指の隙間から見える瞳には、そんな彼の思惑が透けて見えた。

セレナは、磔《はりつけ》にされているレオンスを見上げる。

この騒ぎだというのに、彼はピクリともせず項垂《うなだ》れたままだ。

セレナは嫌な予感に震えた。

「まさか……レオンス様!?」

走り寄ろうとするセレナを、教皇自ら取り押さえる。

「離して！　レオンス様に何をしたの！　人殺し！」

「死んではおらん！　それに奴は人ではなくヴァンパイア、魔物なのですぞ！」

「危険な目に遭《あ》ったことなんて一度もないわ！　教皇。私は、聖女の結婚を禁じたのは現教皇である貴方《あなた》だと王様から聞いていています」

セレナの言葉に、周囲がざわめき立つ。

「で、でも、奴はヴァンパイアの子孫なんだろ？　く、食われたり、血を吸われたりしないのか？」

「そんなことはありません。彼らはずっと前から、普通の人間と同じ食事をしているんです」

集まった人たちが次々に疑問を投げかけてくる。

「聖女様は、私達の犠牲になっているわけではないのね？」

「ええ。レオンス様は妻として私を望んでくださいました」

「で、でも……！　それだって聖女として定められた運命ではないのですか⁉　お嫌ではないんですか？」

「もしそれが運命だとしても、私もレオンス様もこう思うのです——運命に身を委《ゆだ》ねたいと思うほどに愛してる、と。私は、彼と出会えたことに感謝しています」

矢継ぎ早に向けられる質問に、セレナははっきりと自信を持って答えていく。

最後、セレナがレオンスへの想いを口にした後は、もう言葉を続ける者はいなかった。

「二人の思いが通じ合っているなら、反対する理由はありませんよ、教皇様」

扉を開けてターナと共に中へ入ってきた女性が、教皇を諭《さと》すようにこちらへ向かって歩いてきた。

「修道長様！」

呼びかけたセレナに彼女は微笑みながら一礼する。そして、穏やかな態度を崩さず教皇に話しかけた。

「歴代の聖女については、その多くが情報に乏《とぼ》しく、彼女達がどのような人生を送っていたのかはほとんど知られておりません。しかしそれは、聖女が結婚をしたことが醜聞《しゅうぶん》として広まるのを恐れた、教会側の対応のせいです。——そのことは誰よりもご存じであるはずなのに、なぜ貴方《あなた》は今さら『聖女は結婚してはならない』などとお決めになったのです？　そんなに聖女が結婚をするのが気に入らないのですか？」

背筋を伸ばし、凛《りん》とした態度で教皇に説《と》く修道長を、セレナはとても美しいと思った。

教皇よりも威厳のある姿に、周りの者も皆、見惚《みと》れている。

教皇はそんな修道長の気迫に押されているのか、それとも周囲の人々が発している自分への不穏な空気を感じているのか、真っ青になり、プルプルと震えている。

だが——それは、恐れから来るものではなく、怒りの表れだったらしい。

「な、なぜだ……！　教会の中で、わ、私が一番偉いというのに！　なぜ、私の言うことを信用しない！　なぜ、こんな小娘や役職の低い修道女の言うことを信用するんだ！」

教皇の右手が、レオンスに向けてかざされる。

——その瞬間、レオンスが張り付けられた十字架の下から円陣が浮かび上がった。

「——な、何？　この呪文が書かれた円陣は——」

セレナは驚いて修道長に尋ねるが、彼女も眉間に皺《しわ》を寄せて「わからない」と首を振る。

「これはな、本性を晒《さら》す神の光なのだ！　聖女セレナ！　こやつの本性をとくと見て反省するがいい！」

光が真っ直ぐに、レオンスを取り込む。

（……これが『神の光』？　禍々《まがまが》しく見える）

紫の光と、黒い靄《もや》のような煙が発生している。

この光に当たり続けるのは、危険な気がする。

「レオンス様！　目を覚まして！　起きてその縄《なわ》を解いてください！」

セレナが叫んで円陣の中に駆け寄ろうとしたが、すんでの所で、またもや教皇に阻《はば》まれてしまう。

「離して！　この変な円陣を消して！」

「あれは、円陣の中にいる者の本性を引き出すものよ！　――セレナ、あのヴァンパイアはやはり魔物で、お前のその思いは嘘だということを証明してやる……！」

教皇がセレナの襟首に手をかけ、服を引き裂いた。

「きゃあっ！」

「教皇様！　何をなさるんです！」

修道長とターナが駆け寄るが、教皇は気にせずセレナの襟元の生地を引き下ろし、無理矢理肩まではだけさせる。

セレナは身を捩《よじ》るが、教皇の力が思うより強く、彼の腕から逃げることができない。

「女性に何をするんだ！」

「教皇がおかしくなったぞ！」

「止めろ！」

一般の民《たみ》だけでなく、聖職者や修道騎士までもが彼の行動を見て騒ぎ出した。

「皆の者、よく見ておけ！　これが奴の本性だ！　聖女の血肉を求め、急所の首に噛み付いてくるわい！」

「あっ！」

その時、今までずっと項垂《うなだ》れていたレオンスの顔が上がる。

「レオンス様……っ⁉」

喜びに華やいだセレナの顔が、瞬《また》く間に色をなくしていく。

レオンスの瞳は真っ赤に染まっており、開いた口からは鋭い牙が見えた。

「……レオンス様？」

セレナの呼びかけに、レオンスは大きな反応を示す。

縛られた腕を動かし、縄を解こうとしていた。

「うっ、うう……！」

低い唸《うな》り声を上げる姿は――獣《けもの》のようにも見える。

「魔物だ……！　聖女様が危険だ！」

「騎士様！　奴を倒してくれ！」

「し、しかし……！」

「教皇様が……！」

民達《たみ》の訴えに修道騎士達はどうすることもできずに、ただうろたえていた。

教皇の前では、最高権力者である彼の命令なしで動くわけにはできないのだ。

「あっ！」

ターナが声を上げた。

ブチッという音と共に縄がちぎれ、レオンスの腕が自由になる。

彼はその手で足を縛っていた縄をも引きちぎる。

「ハァアアアア……！」

レオンスが声を上げて宙に舞うのを見た途端、教皇はセレナを前に押し、レオンスに近付ける。

彼は牙を剥《む》いて、晒《さら》け出されたセレナの首筋に真っ直ぐ向かっていった。

「危ない！　セレナ様！」

修道長がセレナを庇《かば》うために前に出ようとしたが、スッと、セレナの手がそれを止める。

「大丈夫です」

「ですが……」

飛び掛かってくるレオンスにセレナは真っ直ぐに向き合い、両手を差し出した。

「セレナ様！」

ターナが叫ぶ。

皆、恐怖に悲鳴を上げ、おののいて散り散りに逃げていく。

混沌《こんとん》とした騒ぎの中、レオンスは――

「……えっ？」

「へっ……？」

セレナとレオンスの様子に、その場にいる全員が唖然《あぜん》となった。

レオンスが向かっていった先は、無理矢理はだけさせられた首筋ではなく――彼女の唇だったのだ。

セレナの肩に手を置き、濃厚に彼女に口付けるレオンス。セレナはそれを頬を染めながら受け入れた。

「なっ……なっ……」

教皇は、目の前の光景が信じられないというように顔を真っ赤にし、その場から逃げようとした。

しかし、すかさずレオンスが彼を捕まえる。

「は、離せ！　わ、私はヴァンパイアの危険性を……！」

「俺のことはどうでもいい。だが、セレナに乱暴を働いたことは許さない！」

レオンスの拳《こぶし》が、教皇の顔面に入った。

鼻血を出して床に倒れ込む教皇だが、助け起こそうとする者が一人も出てこない。皆、失意と疑いの目を教皇に向けている。

「わ、私に拳《こぶし》を向けるとは……！　罰当たりな！」

「相当手加減はしてやったぞ」

淡々と答えた後、レオンスはセレナを愛しげに引き寄せる。

「ヴァンパイアの本性を引き出すつもりだったのだろうが、生憎《あいにく》、今の俺達一族は、ほぼ人間と同じような状態なんだ」

それに——と続けるレオンスを、セレナは彼の腕の中から見上げた。

「俺は首筋には噛み付かない」

セレナは心の中で、「足首だもの」と呟《つぶや》く。

「くっ……！　捕らえよ！　私に対する暴力行為の罪だ！　捕らえろ！」

教皇は鼻を押さえながら立ち上がり、修道騎士らに命じる。

「教皇！　もうこれ以上、愚《おろ》かなことはおやめください！」

修道長が間に入るが、教皇に「邪魔だ！」と肩を押されてよろけてしまう。

それを見た民《たみ》達から、怒りの声が飛んだ。

「それが教皇のやることなの！」

「本当に聖職者なのか！」

だが、彼はそんなことなど気にしていない様子でわめき立てた。

「うるさい！　うるさい！　騒いだ者も私を侮辱《ぶじょく》した罪で捕らえるぞ！」

その教皇の言葉に、聖堂内が抗議の声でさらに騒がしくなる。

「捕らえよ！　捕らえるんだ！」

教皇の命令に、修道騎士達が動き出した。怒声と叫び声が聖堂内に反響する。

セレナとレオンスはもちろん、修道長やターナも、修道騎士らに囲まれ、槍《やり》を向けられて身動きが取れずにいた。

「レオンス様……！」

武器など向けられたことのないセレナは、恐ろしさに身体が震えた。

「セレナ、大丈夫だ」

自分を槍《やり》先から守るように包んでくれたレオンスに、セレナは強く抱き付く。

（こんなことになるなんて……大人しく教皇のものになればよかったの？　そうして一生、教会の中で聖女の役目を果たすだけの人生を送ればよかったの？）

そうすれば、こんなことにならなかったのかもしれない。

（レオンス様を巻き込むこともなく、アリューシアも、修道長も、ターナも、ひどい目に遭《あ》わずに済むのなら……。私さえ我慢すればこんなことには……）

とめどなく涙が流れた。

「レオンス様……私……」

「どうした？　セレナ」

「私……」

自分が教皇の言う通りにすれば、皆が助かる。

止まらない涙を懸命に拭《ぬぐ》いながら、それを告げようとした刹那《せつな》――

激しく扉が開き、剣と盾を持った兵士達がなだれ込んできた。

彼らは次々と修道騎士らに挑みかかる。

「間違っても民《たみ》を襲うな！　狙うのは修道騎士のみ！」

声高に命令をしながら剣を片手に入ってきたのは――

「ブランデル！」

レオンスが嬉しさに破顔して呼びかける。

ブランデルも、傷一つないレオンスを見て安堵の表情を浮かべた。

「無事だったか！　我が当主！」

「そうか、クレッシュ家の兵士達を連れてきてくれたんだな」

「最初は穏便《おんびん》に話し合いで済ませようとしたんだが、教会はちっとも応じないんでね。ならば強引に当主を奪い返すしかないだろう？」

そう言って、ブランデルはセレナとレオンスに軽く片目を閉じてみせた。

「ほら、受け取れ」

「ありがたい！」

レオンスはブランデルが投げた剣を受け取り、鞘《さや》から抜く。

「俺がいなくて寂しかったろう、レオンス」

「ああ！　相棒がいないと、どうにも調子が出んものだな」

素直に答えるレオンスに、ブランデルは感激したようだ。

「あとで思いっきり抱き締めてキスしてやる！」

「それはお断りだ！」

レオンスは笑顔で言い、近付いてきた修道騎士を叩き切った。

「怪我をしたくなかったら、早くここから出るんだ！」

レオンスがセレナを自分の背後にかばってから、民達《たみ》に向けて声を上げる。

「何をしているんだ！　戦え！　神聖な場を汚す魔物の手下などに負けるな！」

教皇が教壇の後ろに隠れながら叫ぶ声を、セレナはどうにか聞き取ったが、騒ぎの中ではもう誰も彼を気にかける様子はない。

民達《たみ》が逃げ出し、聖職者達がクレッシュ家の兵によって端に追いやられた時だった。

「――もう、争いはやめるんだ！」

朗々《ろうろう》たる女性の声が聖堂に響く。セレナはすぐさま、それがアリューシアの声だと気付く。

「剣をしまえ！　国王の御前《ごぜん》だ！」

彼女の言葉に皆驚き、動きを止めて片膝をついた。

国王は威厳を身にまとい、教皇を一瞥《いちべつ》して口を開く。

「教皇よ。夜中に集会など、悪魔召喚の儀式でもしているのかと疑われても仕方ないね」

よたよたと教壇の前に出てきた教皇を見て、国王は苦笑した。

「何がおかしいのだ！」

「いや、見事にやられたようだね」

遠目から見ても、顔面を殴られたのがわかるのだろう。

「真実を力で無理にねじ曲げようとするからだよ。権力者が決してしてはならないことだ」

国王はアリューシアを従えて、ゆっくりと前に——教皇に近付いていく。

「何を、言うか……！」

「聖女とヴァンパイアの関係についてはきちんと真実を調べてある」

国王は大聖堂の中央で立ち止まると、丸めて束ねた書類をアリューシアから受け取り、教皇へ差し出した。

「とくと見るがいい。歴代聖女とヴァンパイアが自由な関係を認められていたことを示す書類と——教皇、君の神への背信行為を証明する書類だよ」

「な、な、な、……！　嘘だ！　そんな！　神に背いた覚えはない！」

「そうかね？」

そう言うと、国王は手にした書類を床にばらまいた。

教皇が転がるようにして、それらを拾い集める。

「教皇に就任するために、ずいぶんと汚い金をばらまいたようだね。それから、就任後に行った教皇専用の個室の改装にも、金を使いすぎだ。それに国内への布教活動に関しては、君はたった二度しか行っていない。部下が全国を駆け回る間、君は何をしていたのだ？　高級娼館に通っているという噂も聞くが……」

「違う違う違う！」

教皇は、書類を拾っては次々に破り捨てていく。しかし、国王に焦る気配はなかった。

「そんなことをしても無駄だよ、それは写しだから。原本は宮殿に保管してある」

国王はさらに教皇の悪事を口にしていく。

「仕事を怠《おこた》って豪遊《ごうゆう》していた証拠もある。もはや協議にかけることもない。教皇よ、非常事態権限の法に基づき、国王である私の権限にて、本日付けで教皇の地位を剥奪《はくだつ》する！」

非常事態権限——重要な協議には王侯貴族の重職に加え、教会の上位聖職者を招集して決議にかけることが定められている。だが、災害時や他国から急襲されたなど一刻の猶予《ゆうよ》もない場合、あるいは今回のような不祥事があった場合には、国王の独断で決定できるのだ。

「もう、どのような言い訳もきかないぞ」

ガクリ、と教皇が膝からくずおれた。

「……なぜだ。なぜ、邪魔をする……どうして私ばかりがこんな目に遭《あ》わねばならんのだ？」

視線をうつろにさまよわせながら、教皇は誰に聞かせるでもなく、声を震わせながら続けた。

「四男だから家督を引き継ぐことができず……。その上、最愛の相手との結婚までも許してもらえなくて……。私は全てを奪われたのだ。だが、ヴァンパイアは……金も地位も美貌《びぼう》も持ち合わせ、何一つ不自由のない人生を送ってきたくせに、聖女でなくては駄目だと勝手なことまで言いおって……。聖女が大人しく私の言うことを聞けば、ようやく私の実力も認められると思ったのに……！」

「……君の過去の私怨《しえん》を、他人にぶつけてはいけない」

「邪魔しなければ……！　貴様が邪魔しなければ！　私は過去の苦しみから抜け出すことができたのだ！　しゃしゃり出てきて、どうせ貴様も聖女が欲しいのだろう？　偉そうに諭《さと》しながら、虎視《こし》眈々《たんたん》と聖女を狙って……！　貴様も同じだ！　邪魔をするな！」

「君と一緒にしないでくれ。セレナをそんな目で見たことなどない！　彼女は私の――」

そこで言葉に詰まった国王を見て、セレナは彼の切なげな表情が気にかかった。セレナはレオンスを仰ぎ見る。

「あの、レオンス様。王様が何か私のことを……」

「……いつかわかるかもしれないが、今はまだ言うべきことじゃない。新たな火種が生まれる恐れもあるから」

レオンスもまた、どこか切なそうな顔をしていて、セレナはそれ以上何も聞くことができなかった。

レオンスと、彼に寄り添うセレナに向けて教皇が辛辣《しんらつ》な言葉を浴びせてくる。

「綺麗事だ！　皆、綺麗事……！　色欲や物欲――人も魔物も、結局はそこに行き着くのだ！　私は悪くない！　貴様達も同じだろうが！」

レオンスは、身を固くしたセレナを強く胸にかき抱く。

教皇の失脚は決まった。

彼はもう、毒をまとう言葉を吐くことでしか、生きていく意味を見いだせないのだろう。

哀れだと思うが、セレナはその姿を見て心を痛めた。

その瞬間――セレナの意識が飛んだ。

〈愚《おろ》かな……そして、可哀想な子羊よ……〉

8　初代聖女は語る

「――えっ？」

抱き締めているセレナから、彼女のものでない女性の声が聞こえ、レオンスは驚いてセレナを見つめる。

〈離してくれませんか……〉

顔が上がり、自分を見つめてくるセレナの顔は確かに彼女であるはずなのに――

（違う……セレナじゃない……！）

自分を見るその瞳は大きなガラス玉のようで、しかも青紫色から深い青色に変化している。

「貴女《あなた》は誰だ？」

「レオンス？　セレナに向かって何を……」

近付いていったブランデルも驚いて肩を揺らした。

セレナがレオンスから一歩離れ、後ろを振り向いた。

〈ここに聖職者や王、そして私と夫の子孫が揃《そろ》っているのは都合がいい。きちんと聖女とヴァンパイアの関係を伝えるために、現聖女の身体を少しお借りします〉

ブランデルだけでなく、アリューシアや王も——そして教皇も口をぽかんと開けた状態でセレナを凝視《ぎょうし》した。

いつの間にか、瞳の色だけでなく声色も変化している。

そして、セレナを包むような光が放たれていた。

「聖女様……これこそ聖女様だ……！」

聖職者の一人が、感極まって泣きながら地に伏した。

それにつられるように、周囲の者達も膝を折って、セレナの中にいる彼女に礼を尽くす。

〈顔を上げなさい。そんなことをする必要はありませんから。後光を付けたほうが、一番手っ取り早く初代聖女だと貴方《あなた》達に伝わるだろうと思っただけなのです〉

レオンスは意外な言葉に驚き、思わずブランデルと顔を見合わせる。

初代聖女はかなりくだけた性格らしい。

〈その昔——魔界の扉が開き、そこから様々な魔物がこの人間界に現れました。私達人間は手を取り合い、魔物達に立ち向かったのです。当時は、人間の中にも特殊な力を持って生活をしている者が数多くいました〉

初代聖女はそのまま説明を続ける。

王族は、他人の力を増強する能力を。

教皇の地位を持つ者は、その者の本性——潜在する力を引き出す能力を。

騎士は卓越した運動能力を。

そして聖女は、治癒《ちゆ》を含む様々な援護力を持つのだという。

〈だけど、次々に襲ってくる魔物達に立ち向かうのは想像時以上に大変だった――特に、最強の敵であるヴァンパイアには手こずりました。私は、主に援護する役割でしたから、表立って戦いの場に出ることはありませんでした〉

だけど、と聖女はフッと口元を緩めて話を紡《つむ》ぐ。

〈……ある戦いで、私は夫となるヴァンパイアに出会ってしまったのです。……それから彼に熱烈に迫られて、私達は結婚しました〉

「ヴァンパイアに猛烈に求婚されたのか……。レオンス、お前の先祖は積極的だなあ……」

「……お前の先祖でもあるんだが……」

ブランデルの呑気で他人事のような感想に、レオンスは呆れて突っ込みを入れた。

〈結婚する前に、彼はほとんどの魔物達を帰らせ、魔界の扉を閉じました。そして人間の仲間となった後、国を護《まも》るよう王から護国将軍の地位を拝したわけです〉

「その辺のくだりは、国王に聞いた話と相違ない」

アリューシアの言葉に国王が頷《うなず》いた。

レオンスが問う。

「問題は――初代ヴァンパイアと初代聖女の関係だ……！　結婚をした、と言ったがまともな結婚生活だったのか？」

　彼の問いに初代聖女は、セレナの身体を借りたまま小首を傾《かし》げた。

〈純血のヴァンパイアとの結婚ですから、まともとは言えないかもしれないですね〉

「……貴女《あなた》の夫は、血肉を食らったのか？」

〈血を吸わなくても生きていけると言うので、やめてもらいました〉

「そうか……」

　レオンスがほっと息を吐く。

〈人間の食事で事足りていましたよ。生の魚をよく食していました。最初のうちこそ、彼は太陽を苦手にしていましたが、何年か経《た》つと普通に昼間に外出して、散歩や釣りを楽しむようにもなって――元々、人間よりも体力がありますしね。こちらの生活に馴染《なじ》むのも早かったわ。太陽の光を浴びるようになったことでさらに健康的になって、青白かった肌も治ったほどです。ちょっと変わった人だったから、普通のヴァンパイアなら矜持《きょうじ》にかけて絶対にやらなかったようなこともしていたのだと思います〉

　そこでレオンスはふと思い出して呟《つぶや》いた。

「……そういえば、家宝に釣り道具があったな」

　あまりにボロボロなので使ったことは一度もないけれど、捨てなくてよかったとレオンスは胸を撫《な》で下ろした。

しかし、と唸《うな》るように言う。

「俺達の先祖って……順応が早すぎないか？」

ブランデルも深く頷《うなず》く。

「知らない世界に来て、こっちの女性に惚れて結婚して、数年で馴染《なじ》んで――適応力がすごいな」

レオンスとブランデルの言葉に、初代聖女が「それはね」と返した。

〈あの人、私のために努力してくれたんですよ。結婚して、一緒に暮らせて幸せだった……〉

思い出に浸るように笑っている。

〈ある日、子供を抱き締めながら言ったんです。『私のこの能力は、子孫に受け継がれていくほどに薄くなっていく。そうして普通の人間と変わらないような状態となった後で、もしこの国に危機が訪れたら……子孫はそれを救えないかもしれない。私はそれを思うと辛い』と――それで私は、神様にお願いしたんです。彼の憂慮《ゆうりょ》を解消する手立てをくださいと〉

「それが、聖女とヴァンパイアの子孫が婚姻を結ぶということに繋《つな》がるわけか……」

レオンスの言葉に、初代聖女が「その通りです」と頷《うなず》く。

〈神様は、ヴァンパイアと聖女が契《ちぎ》りを結ぶことで、ヴァンパイアの能力が残るようにしてくださった。また相手を見つけやすいようにと、当主には聖女の証《あかし》のある部位に惹《ひ》かれやすい性質を持たせました。聖女と婚姻し、子をなせばその子にヴァンパイアの能力が受け継がれ、国を護《まも》ることができるでしょう〉

「そうか……。俺が足首に反応するのは、先祖と神からの贈り物のようなものか。ようやく納得できた」

レオンスは疑問が解けたような顔で安堵の息を吐く。その横でブランデルは、「贈り物というより、代々続く性癖みたいなもんだろ」と返した。

「……結局、初代聖女と初代ヴァンパイア、そして神の思惑通りか。ふっふっ……これからもずっと、聖女とヴァンパイアは相手の感情が操作されていることをわからぬまま、関係を続けていくんだ……ざまあみろ」

乾いた笑いと共にそう口にした教皇へ、初代聖女が顔を向けた。

〈今まで生を受けた聖女全てが、ヴァンパイアの子孫と結婚したわけではありませんよ。心から惹《ひ》かれ合った者だけがそうしてきたのです〉

初代聖女の言葉に、ブランデルがレオンスの肩を優しく叩いた。

「よかったな。つまり、おまえとセレナ嬢は真に相思相愛というわけだ」

「当たり前だ。それに、俺とセレナは最初からそうだとわかっていたさ」

ブランデルの軽口にも、レオンスは素直にのろけ返した。

〈王よ、そして集まっている聖職者達よ。私が話した全てを記録して、そして公開できるようにしておきなさい。皆、真実を知らなかったから、このように邪《よこしま》な策を取る者が現れました。今後一切、面倒事が起きぬようにしなさい。そこにつけこまれ、魔物だけでなく、人との争いに発展するよう

なことにならないように〉

初代聖女が聖職者達に命じた。

教皇はレオンスとセレナを指差して言う。

「――はっ！　幸せにのろけていられるのは今のうちだ。そのうち冷めて浮気をして、外に隠し子を作るようなことになる……！　そんな端麗《たんれい》な顔の男が、一人の女だけで我慢できるはずがないだろう……！」

毒を吐き続ける教皇に、レオンス達は腹が立つのを通り越して、呆れていた。

レオンスがその口を塞《ふさ》ぐため教皇に近付こうとすると――

それより早く、ターナが教皇の前に立ち塞《ふさ》がった。

無表情に教皇を見下ろすターナが、ゆっくりと口を開く。

「馬鹿にできるんですか？　貴方《あなた》が」

氷のように冷えた口調で、教皇に語りかける。

「……なっ、何だと……？　お前に何が……わかる！」

下から睨《にら》み付ける教皇に恐れることなく、ターナは冷淡な態度で言葉を続けた。

「隠し子だなんて……よく言えたものですね。ご自分のしたことをおっしゃっているのですか？」

教皇は、ターナの冷たい眼差《まなざ》しを前に固まった。

微《かす》かに唇が震えて何かを呟《つぶや》いているようだったが、声にはならず、誰もその言葉を聞き取ることはできなかった。

「……これ以上、私達を失望させることはおやめください」

ターナはそう締めくくった。

†　†　†

全てが片付いたのは、翌日の夜のことだ。

記録された初代聖女の言葉は、国中に公布されることになった。

獅子宮《ししきゅう》に戻ったセレナは、デボラに湯を入れてもらって身体の疲れをほぐした。

(……今夜は早く寝たいわ)

そう思うものの、昨日の出来事にまだ身も心も興奮しているためか、入浴を終えてからしばらく経《た》っても目が冴《さ》えていた。

「セレナ様、ハーブティーでもお飲みになりますか？」

デボラが気を利かせて尋ねてくる。

「そうね。お願いしていいかしら？」

そう答えると、「はい」と明るい返事が返ってきて、デボラはいそいそと仕度に出て行った。

セレナは大きく息を吐き出し、長椅子に座って足を崩す。

（今頃、レオンス様はどうしているかしら？）

レオンスは、今回の騒ぎについて色々と実家に報告する必要があるらしく、ブランデルと一緒に帰ってしまった。アリューシアは、セレナの今後に関して聖職者達と共に中央教会で話を進めている。

（会えるのは明日かな……）

「失礼します」

しばらくして、デボラが戻ってきた。

「ご苦労さ――」

扉のほうを振り向いたセレナは、デボラと一緒にいる男を見て、驚きのあまり一瞬呼吸が止まってしまった。

「レオンス様！」

そしてすぐ、嬉しそうにその男の胸に飛び込んでいく。

ゆったりと長椅子に座りながら、セレナはデボラの入れてくれたハーブティーを、レオンスはお気に入りであるスコッチを飲んでいる。

「驚きました。今日はもうお会いできないかと思っていたのに」

「ブランデルに任せて、先に戻ってきたんだ」

悪戯《いたずら》っぽく笑うレオンスを見て、セレナはほわんとした気持ちになり、レオンスの肩に頭を乗せた。

整ったレオンスの顔に笑みが浮かぶと、セレナの心はとても温かくなり、雪解けを待ち焦《こ》がれた花のような気分に包まれる。

「昨日、今日と大変だったな」

「はい……」

「ご苦労様。よく頑張ってくれた」

「レオンス様こそ……十字架に磔《はりつけ》にされて痛くありませんでした？」

縛られていた手首は大丈夫なのかと心配になり、セレナはレオンスの手首に触れる。

「痛みがあるなら言ってください。私の治癒《ちゆ》の力で治します」

レオンスは、彼の手首を確認しようとしているセレナの手をそっと握り、当たり前のように自分の口元に寄せて口付けをした。

「大丈夫。これくらいでセレナの力を使うことはない」

「でも……」

治したいと渋るセレナに微笑むと、レオンスはセレナを自分のほうへ引き寄せた。

顔が近い。セレナは恥じらいに頬を染めて瞳を閉じる。

温かくて弾力のある滑《ぬめ》りが、セレナの唇を覆《おお》う。

すぐに力強く激しいものへと変わり、彼の熱にクラクラしそうだ。セレナはたまらずレオンスの首に腕を回し、倒れそうになるのを抑えた。

「セレナ……、今夜は積極的だね」

「あ……ごめんなさい……お嫌ですか……？」

嬉しかったのだけれど、その感情を行動で表現してしまったことに恥ずかしくなり、セレナは俯《うつむ》いてしまう。

「こっちを向いて、セレナ」

下を向いたままでいたら、レオンスに優しく促《うなが》された。低く甘く囁《ささや》くように言われて、セレナはこれからの蜜事を想像し、鼓動が否応《いやおう》なしに高まる。

いつの間にか、デボラはいなくなっていた。雰囲気を察して下がったらしい。

もう一度、レオンスを見上げる。彼の瞳がまた赤くなっている。

「セレナが積極的なのは嫌じゃない。むしろ嬉しい」

「レオンス様……」

「俺だけにしか見せないセレナの淫《みだ》らな姿を、たくさん見たいからね」

セレナの身体がかあっ、と熱くなる。

「そ、そんな……あの……レオンス様のほうが……！」

彼の表情にはとにかく色気があって、女である自分のほうが負けそうだ。

「俺がどうかした？」

そう言ったレオンスに顎《あご》を押さえられて、また唇を塞《ふさ》がれた。

「――ん……」

レオンスの大きな手が、セレナの胸を大きく揺らす。

手のひらが胸の突起に当たり、今度は彼の指がそこを探るように動く。

「ん、んん……」

たったそれだけのことなのに、感じてしまい背中が跳ねた。

角度を変えて何度も口付けを繰り返される。

レオンスの手は執拗《しつよう》にセレナの胸を弄《いじ》った。

ゆっくりと熱い息を吐きながら、彼の唇が離れた。同時に、鞠《まり》のように弾むセレナの胸からも手を離す。

熱のこもり出した自分の身体が、レオンスを求めているのがわかり、セレナは自然と彼の手を握り締めた。

レオンスが、不安げに眉を下げるセレナを腕に抱き寄せる。

「十字架に磔《はりつけ》になっていた時、事前に薬を嗅《か》がされて意識が朦朧《もうろう》としていたんだが、セレナの歌声が聞こえた。歌ったのかい？」

「はい。教会に集まった皆さんが教皇の言葉にばかり耳を傾けるので、私の話を聞いてもらうために歌いました」

「セレナの声で意識を取り戻すことができた……ありがとう」

「レオンス様……」

レオンスがセレナから少しだけ離れて、彼女の柔らかな金の髪を一房《ひとふさ》手にして唇を落とす。

「君は、清楚で可憐《かれん》なだけじゃない。可愛らしいけれど、強い意思の持ち主で、邪《よこしま》なものに屈しない心を持っている。ブランデル達が駆け付けてくるまで、よく一人で頑張ってくれた。素晴らしい人だ、セレナ」

セレナは、ゆるゆると弱々しく首を振る。

「レオンス様が私に勇気と力をくれたんです。だから、『助けなくちゃ』って必死に頑張ることができて……」

口が震えて言葉が続かなくなってしまう。セレナの瞳からポロポロと涙が溢《あふ》れて頬を伝っていく。

「よかった……レオンス様が無事で……」

今になって緊張の糸が切れて泣くなんて――

「ごめんなさい。急に泣き出すなんてビックリしちゃいますよね」

「セレナ」

レオンスの指が、溢《あふ》れた涙を優しく拭《ぬぐ》う。

「これからはもう、俺達の仲を引き裂こうとする者はいない」

「はい……！」

「もう、決して離さない。セレナは俺のものだ、覚悟してくれ」

レオンスの灰色の瞳が細くなる。

艶《なまめ》かしい微笑みと、熱のある言葉に酔いしれて、セレナは彼の胸に身をゆだねた。

再び落とされた口付けは、レオンスの柔らかな唇をはっきりと感じることができるものだった。

優しい温かさが、胸だけでなく腰からも広がってくる。

レオンスの唇がゆっくりとセレナの顎《あご》に落ちて、首筋を伝っていく。

微《かす》かな滑《ぬめ》りは舌先だろうか。

「ん……」

レオンスの腕がセレナの胸の先端に触れただけで、ビクリと刺激が背中を駆ける。

「感じる？」

レオンスの声音《こわね》は、どこか楽しげだ。

最初に灯《とも》された快感はくすぶったままで、それはレオンスも承知なはず。

「はい……レオンス様に触れられていると思うだけで、私……」

「セレナ……！」

レオンスが歓喜に溢《あふ》れた声で名前を呼び、セレナを抱き締めたまま長椅子に倒す。

首筋にレオンスの唇が這《は》う。

呼吸に合わせて揺れる喉を吸われて、白くて薄い皮膚に薄紅の花弁が残った。最初は軽い刺激だったけれど、繰り返されるうちに、大きな刺激になる。

「あっ、ぁあ……っ！」

ぞくぞくと背中を走る快感に、身体が過剰に反応する。しきりに腰が上がり、そのたびに身体にとどまっている火種がくすぶってセレナを翻弄《ほんろう》する。

レオンスの唇が首筋から下へ下りていく。セレナの白い首元に隙間なく花弁を作り上げながら。

「セレナが俺のものだと一目でわかり、誰もセレナを誘惑しようなどと思えないほどに痕《あと》をつけないと」

「そ、そんな、こと……しなくても……」

レオンスの手は、服の上からセレナの身体の線をなぞっていく。それだけのことなのにひどく感じてしまってどうしようもない。

恥ずかしいけれど、足の付け根からはもう蜜が溢《あふ》れだしている。

噛み付かれるのと同じように、レオンスの手から催淫《さいいん》物質が流れているのではないかと思うほどだ。

焦《じ》らされている――セレナはそう感じていた。

「レオンス様……私……もう……」

身体を巡る甘い痺《しび》れが切なくて、セレナの青紫色の瞳に透明の膜が張る。

セレナの切実な訴えに、レオンスは「寝室に行こうか？」と彼女の額に軽く唇を当てて、彼女を抱き上げようとした。

その時――コンコン、と扉を叩く音に、二人はビクッと身体を揺らす。

交差したセレナとレオンスの視線は、どちらも「無視したい」と訴えている。

だが、ノックの音は止まらない。ひたすらコンコンと鳴り続ける。

「王様かしら……」

「多分な」

連続ノックの音に根負けして、レオンスが扉を開ける。

だが入ってきたのは国王ではなく――レオンスによく似た女性だった。

「えっ⁉」

セレナは立ち上がるほど驚いて、口に手を当て、まじまじとその女性とレオンスを見比べてしまった。

レオンスはというと、ギョッとした様子で後ろに下がっている。

彼によく似た女性は、装飾の少ないシンプルなドレスを着ており、扇《おうぎ》を手に、セレナのほうへ近付いてくる。どうやら、その扇《おうぎ》で扉を叩いていたらしい。

そして、にこり、とセレナに微笑んで挨拶《あいさつ》をした。

「初めまして。貴女《あなた》がセレナね？　わたくし、レオンスの母のバージニア・ド・クレッシュよ。よろしくね」
「レオンス様のお母様⁉」
慌ててレオンスを見ると――額に手を当ててしきりにため息をついていた……

9　聖女が花嫁になる日

一年後。

クレッシュ家の領地では、街中《まちじゅう》に鳴り響く鐘の音に、民達《たみ》がそわそわと身体を揺らしていた。

今日、クレッシュ家当主と聖女セレナの婚姻の儀が執《と》り行われる。

式は王都で行われるため、このクレッシュ家領地でのお披露目は明日以降となっている。

それでも彼らは、嬉しさを隠しきれないでいた。

王都での式の時間に合わせて、屋敷から菓子や食べ物が配られるのだ。

クレッシュ家は豊かな貴族だ。年末年始や行事のたびに、民《たみ》に祝いとして菓子などの食料を提供してくれる。

「レオンス様も、とうとうご結婚なさるのね。奥様になる聖女様も、とても可愛らしい方だと聞いてるわ」

「相手は聖女様だからな。クレッシュ家はますます繁栄《はんえい》するな！」

「早く、お二人のお姿を拝見したいわ〜」

もちろん、レオンスの結婚そのものも民《たみ》から大いに喜ばれている。

「でも驚いたよな、聖女様って結婚できるんだな」

「そうねえ、よく教会のお偉い様方が了解したわよね」

聖女とヴァンパイアの関係の真実は、まだ国中に広まっているわけではなかった。

大国であるバスチェルク王国で、あまねく真実が広がるには、まだまだ時間が必要そうだ――

「まあ、二人の熱意に教会側が折れたんだろうよ！」

そうね、と民達《たみ》は花嫁の話に、花を咲かせる。

今日からしばらくは皆、仕事に身が入らないことだろう。

†　†　†

新郎控え室に、無遠慮に入ってくる男がいる。その人物は新郎の姿を見て、口笛を鳴らした。

「よく似合ってるぜ、レオンス」

ブランデルは正直な感想を述べた。

レオンスは、この国の伝統的な花婿の衣装に身を包んでいた。

膝丈の真っ白なコートとズボン。肩から二の腕の部分には、別布の金の生地が当てられている。

腰帯も同じ金の布で縫われていて、細身のロングブーツを合わせていた。

元々品のある顔立ちをしていて、誰もが振り返る美男子だ。

「まさしく王子だな！」

目を細めながら、眩《まぶ》しく輝くレオンスを見つめる。

「馬鹿なことを言っていないで、そこにある肩飾りを取ってくれ」

レオンスは、襟元のボタンを留めながらブランデルに頼んだ。

「仕度を手伝ってくれる侍女が一人もいないのか？」

ブランデルは、金で仕上げた大ぶりの肩飾りをレオンスの肩にかけた。

「皆、花嫁のセレナの仕度に行った」

「なるほどな」

結婚式は、花嫁が主役である。当然、仕度に時間がかかる。

「花嫁のほうが華やかで、仕度するのを手伝うのも楽しいんだろう」

ブランデルの言葉に、レオンスは少し怒ったような顔で言った。

「言っておくが、男は入室禁止だからな」

「わかってるって。経験者だぜ、俺は」

「……」

レオンスは、ふと一年前の出来事を思い出し、さらにムッとした表情になる。

セレナとの結婚に障害がなくなったと思いきや、敵は意外な所にいた。

正式に結婚が決まった途端、準備前の甘い時間に割り込んできた人物がいたのだ。

それが、嬉々としてしゃしゃり出てきた、レオンスの母・バージニアであった。

「正式にクレッシュ家当主の妻になるなら、我が家のしきたりを私が教えるべきでしょう！」に始まり、「結婚して家に入ってもらったら、本宅はセレナに任せて、私は悠々自適の隠居《いんきょ》生活を送らせてもらうわ」などとまくし立て、セレナの腕を引いて、さっさと馬車に乗り込み屋敷に連れ帰ろうとする始末。

それに反対したのが国王だった。

「いや！　まずは宮殿に置いて、最高の師のもとで勉強させるべきだろう。ダンスやピアノ、それから教養は王宮なら最高のものを授けてやれる」と、レオンスの母に真っ向から立ち向かった。

「セレナはクレッシュ家の嫁よ！」

「私はそなたの息子レオンスから彼女を任されたのだぞ？」

「――何ですって⁉　レオンス！　お前一体どういうつもり⁉」

二人の諍《いさか》いが、雷のように聞こえる。あるいは、犬が吠え威嚇《いかく》し合っている姿か。

どちらにしろ、迷惑な取り合いだ。

（本当にこの二人は、母が護国将軍だった頃から仲が悪い……）

女だてらに将軍職を任されていた母は、気が強くて負けず嫌いだ。

普段は淑女《しゅくじょ》なのだが、国王に会うと昔の自分に戻ってしまうらしい。

「王！　母上！　いい加減にしてください！　セレナが困っているではないですか」

目に涙を溜めてふるふると身体を震わせているセレナを見て、二人はようやく落ち着きを取り戻したのだった。

そして結局、十日ごとに宮殿とクレッシュ家の屋敷を行ったり来たりしながら、セレナは花嫁修業をすることになったが――レオンスにとって辛かったのは、セレナと二人きりになれる時間が、ほとんどなかったことだ。

セレナが宮殿にいれば、国王がベッタリ。クレッシュ家の屋敷に行けば、母がベッタリ。二人きりとなりいい雰囲気になっても、必ず誰かしらがやってきて、「式まで我慢を」と言い、セレナと距離をとらされる始末だった。

「一年は……長かった……」

年頃の二人を我慢させるのは、嫌がらせに他ならないとレオンスは考えていた。

「仕方ないさ。式を済ませるまでは『子供ができました』なんてことになるわけにはいかんだろう」

「よく言うよ。お前はさっさとアリューシアと結婚したくせに」

レオンスが嫌みを言っても、ブランデルは気にしていない様子で笑う。

「しょうがないさ、できちまったんだし。お前達の結婚を待ってたら、子供のほうが先に産まれちゃうだろ」

そうして、笑顔のまま肩を竦《すく》めた。

ブランデルとアリューシアは、アリューシアの妊娠発覚を機に、半年前に挙式をし、すでに夫婦として暮らしている。

現在、彼女は騎士を休職中だ。

「三人は欲しい、って言っててさ！　俺も頑張らないとなあ」

「まったく、呑気でいいよな」

だが、レオンスにもようやくセレナと心置きなく一緒に暮らせる日がやってくるのだ。

レオンスはそれが楽しみで仕方なかった。

†　†　†

真珠で縁取られた太いカチューシャには、シースルーのベールが取り付けられている。侍女の手によって、それがセレナの頭に被《かぶ》せられた。

脇の髪は後ろで縛られていて、途中で落ちないよう、ピンで固定してある。

「さあ！　これでお仕度は完成ですよ！　セレナ様、ご覧ください！」

年配の侍女が声も高々に告げると、花嫁を見にきた女性達からワアッ！　と感嘆の声が上がる。

セレナは、ターナの誘導で姿見の前に立ち、自分の姿に頬を染めた。

淡いピンクで長袖のドレスの上に、白く光沢のある生地で仕立てたコートドレスを着ている。

コートドレスの裾や袖口には、淡いピンクの糸で刺繍《ししゅう》された花の模様が浮かんで揺れていた。

腰帯も淡いピンクで全体的に甘めの印象だが、セレナの容姿が手伝って気品が感じられる。

「お綺麗ですよ、セレナ様。おめでとうございます」

アリューシアが涙を溜めながら祝いの言葉を述べる。

セレナは、アリューシアの大きくなったお腹を擦《さす》る。

「アリューシア。お腹が大きいから、ここまでくるのは大変だったでしょう？　ありがとう……」

「まだ産み月まで余裕がありますから、ご心配なく！　セレナ様の花嫁姿を見逃すわけにはいきませんからね」

軽やかに笑うアリューシアを見て、彼女が今、とても幸せなんだと実感する。セレナも温かい気持ちになった。

子ができたのを機に結婚してセレナの護衛を辞したため、以前のように朝から晩まで彼女の姿を見ることがなくなり、寂しい思いはあった。

ずっとそばにいてくれたアリューシアは、姉のような存在だったから。

「いつでも会いに行きますよ」と言ってはくれたものの、悪阻《つわり》もひどかったようで、約束がなかなか果たせず申し訳ないと謝る手紙を幾度ももらった。

(それで心配になって私から会いに行ったけど)

アリューシアとの立場上の関係は変わっても、こうして別の形で親しくしていられることがセレナには嬉しかった。

「アリューシアのほうが先輩ね。これからも色々と相談に乗ってくださいね」

「私のほうこそ。これからは親戚同士、どうぞよろしくお願いします」

お互いにドレスの裾をつまみ、優雅に挨拶《あいさつ》を済ませると、顔を見合わせて笑い合った。

「セレナ、アリューシア。わたくしのことも忘れないで欲しいわ」

羽根付きの豪奢《ごうしゃ》な扇《おうぎ》を片手に、銀髪《ぎんぱつ》の女性が近付いてきた。レオンスの母、バージニアだ。

「お義母様《かあさま》」

アリューシアはセレナの斜め後ろに下がり、膝を曲げて挨拶《あいさつ》をする。

「ああ、今日はセレナが主役なんだから楽にしてちょうだい。アリューシアもお腹が大きくなったわねぇ」

バージニアがニコニコと嬉しそうにアリューシアのお腹を擦《さす》る。

それからセレナに向き直った。

「おめでとう、セレナ。とっても綺麗よ」

「ありがとうございます。お義母様《かあさま》のお見立てのおかげです」

式までのこの一年、セレナは忙しい日々を送った。

花嫁修業の他にも、クレッシュ家のしきたりや歴史、敷地の管理や行事の取り仕切り方などの勉強をしてきたのだ。

結婚してから徐々に学んでいけばいいのでは、というレオンスの意見は、国王とバージニアに軽く流された。

（――でも、それがよかったのかも）

バージニアは、ユーモア溢《あふ》れる話し方でセレナの心の緊張を瞬《また》く間に解いてくれたから、すぐに仲良くなれた。

――それに。

セレナは義母の顔を見て、微笑む。

（レオンス様って、お義母《かあ》様似なのよね）

瞳の色はレオンスが灰色でバージニアは明るい青色だが、顔は本当によく似ている。

（いつもレオンス様がそばにいてくれるようで、頑張れたの）

バージニアは、たおやかにセレナの手をとり微笑んだ。

「今日からクレッシュ家の一員ですね。たまに本宅へ遊びに行っていいかしら？」

彼女は、結婚式が終わったら別宅に移り住むのだという。

馬術が好きだから、馬場のそばにある別宅に住みながら、思う存分馬と触れ合いたいそうだ。

彼女からもっと多くのことを学びたかったセレナは引き止めたのだが、バージニアは首を縦に振らなかった。

「クレッシュ家は若い二人に任せるわ。私も自由に生きたいのよ」と、扇《おうぎ》を片手に優雅に笑いながら。

「はい！　私も別宅に遊びに行っても構いませんか？　私、まだまだお義母様《かあ》に習いたいことがたくさんあるんです！　私の母は私を産んですぐに亡くなりましたから……。お義母様《かあ》を、本当の母だと思ってもいいですか？」

「セレナ……貴女《あなた》……」

バージニアが感激に顔を紅潮させ、ふるふると身体を震わせ始めた。

「なんて可愛い子なの……！　私も子供はレオンス一人しか産めなかったから、女の子が欲しかったのよ。私こそ、貴女《あなた》を本当の娘のように思っていい？」

「はい……！」

「セレナ！」

感極まって抱き付こうとするバージニアを冷静に止めたのは、ターナだった。

「いけません、ベールが外れてしまいます」

「あ、そうだったわね」

いけないいけないと、我に返ったバージニアは、セレナから一歩離れた。

「セレナ様、あと少し時間がございます。お座りになりますか？」

「そうね」

ドレスに皺《しわ》がつかないよう、ターナが細心の注意を払いながらセレナを座らせる。

ターナはセレナのお付きの侍女として、共にクレッシュ家に行くこととなった。

宮殿からセレナをさらった女性を雇うのは……と国王やアリューシアは反対したが、教会での彼女の態度を見て信用したセレナが自ら決めたのだった。

教会での、あの出来事の後——

教皇は国外追放となったのだが、セレナが何よりも驚いたのは、修道長が共に国を出たことだった。

『……一人にしてはおけません。あのままでは、私の亡き主《あるじ》が悲しむでしょう？』

そう言って、手提げ鞄一つだけを持ち、うつろな目をしている元教皇に寄り添い、馬車に乗っていったのだ。

そして、もう一つ驚いたのは、修道長に心酔していたはずのターナが、彼女についていかなかったこと。

「還俗《げんぞく》しますが、ついていきませんよ。働きながら私も素敵な恋人を見つけます」

ターナはキッパリ言い切った。

何が彼女に心の変化を促《うなが》したのかわからなくて、セレナは尋ねたことがあった。

ターナの答えはこうだ。

「あれだけ情けない男の姿を見たら、もう何があっても男に幻滅《げんめつ》することはないでしょうから。それに、約束したんです、修道長に。夫となる人ができたら紹介しにいくと」

そう言って、朗《ほが》らかな笑顔を見せてくれた。

——教皇はもしかしたらターナの父親で、修道長はそれを知った上でターナを育てたのかもしれない。そして修道長は、教皇に秘めた思いをずっと抱えていたのかもしれない。

ターナ自身は、どこまで把握しているのだろうか。

だけどセレナは、あやふやなままにしておこう、と決めていた。

セレナが尋ねればきっと、ターナは答えてくれる。しかし、興味本意で踏み込んでいい話ではないとわかっていた。

いつか、ターナのほうから打ち明けてくれる日が来るかもしれない。

そしてこの一年、宮殿とクレッシュ家の本宅を往き来して気付いたことが、セレナにはある。

「あ、レオンスの所にも寄らないと。セレナ、聖堂でね」

ようやく息子のことを思い出したバージニアは、「じゃあね」と言いながら控え室から出ていった。

バージニアが開けた扉のすぐ外には国王がいて、扉の隙間からこちらを窺《うかが》っていたらしい。

義母に叱られ、廊下で二人の喧嘩が始まるのを聞いて、セレナはアリューシアとターナと三人で笑い合う。

国王や王太子の鏡を見るたびに思う。

王族にしか伝わらないはずの、青紫の瞳の色。

どうして私の瞳は青紫なの？

——考えを突き詰めると、どうして国王がこんなにも自分に親切なのか、答えは一つしか思いつかない。

けれど誰も真実を話そうとしないのは、それなりの事情があるからだろう。

それに、彼はまるで父親みたいに接してくれる。それで充分だ。

鐘の音が、青空に高らかに鳴り始めた。

扉を叩く音がして、しずしずと修道女達が入ってきた。

「セレナ様、間もなくお式が始まります」

「はい」

セレナは、自分の結婚を祝う鐘の音に、亡き母や祖母への思いを馳《は》せ、部屋を出た。

10　幸せな……夜？

滞《とどこお》りなく挙式は終わり、宮殿での披露宴が始まった。

ここで一晩過ごし、明日の昼には宮殿を出発し、今度はクレッシュ家の本宅にて各地から有力者や貴族達を招待して、本格的な披露宴を行うのだ。セレナが緊張を強いられるのは、明日以降ということになる。

宮殿を借りての披露宴では、さすがに皆羽目を外すことはなく、のどかな宴《うたげ》となっていた。

「――レ、レオンス様？　あの、まだ披露宴が……。それにご挨拶《あいさつ》も途中ですけど……？」

「本宅に行けばまた会う面子《めんつ》ばかりだ。気にすることもない」

「あ、あの、でも……」

セレナはレオンスから「少し外の空気を吸おう」と誘われて会場を出たのだが、すぐさま抱き上げられて戸惑っている所だった。

彼はそのまま、獅子宮《ししきゅう》のセレナの部屋までやってきた。

鍵をかける音と同時に唇を塞《ふさ》がれる。

「ん……っん」

レオンスの舌が無遠慮にセレナの口内を舐《な》め尽くす。時々唇の角度が変わり、セレナは喘《あえ》ぐように浅い呼吸を繰り返しながら、レオンスを受け入れた。

深い口付けは久し振りなのだ。

セレナへの情熱的な口付けを続けながら、レオンスの手が、彼女のベールを取り払い、器用にヘアピンを外していく。

金の髪に緩やかについた癖を、レオンスは手ぐしでかき分ける。

「ふっ、……ぅうん……」

手で髪や頭を撫《な》でられているだけなのに、背中が粟立《あわだ》ってしまう。

口内で歯肉をなぞられ、舌を吸われ、それだけで気持ち良くなってしまい、セレナの足は小刻みに震えた。

倒れるようにレオンスに抱き付く。

「どうした？」

「あ、足が……ふらついて……。レオンス様とこうするの久し振りだから……」

セレナの蕩《とろ》けた瞳を見て、レオンスが苦笑する。

「久し振りどころじゃない。一年近くも我慢させられたんだ。何度もおかしくなりそうだった……」

「ごめんなさい」

「セレナが謝ることじゃないさ。真の敵が身近にいただけだ。実の母と王というね」

おどけて肩を上げるレオンスの頬を、セレナは撫《な》でる。

こうして、二人っきりでいるのは本当に久し振りだ。

昼間、二人で会うことはできるのだが、いつも誰かしら付き添いがいた。

外から、音楽が流れてくる。

カーテンが開けられた室内には、満月の輝きが皓々《こうこう》と差し込む。

月の光を背に向け、セレナを見つめるレオンスは何度も「愛してる」と言ってやまない。

「愛してます、レオンス様」

セレナからも、自然に同じ言葉が流れていく。

「俺もだ、セレナ——君だけを一生愛すと誓うよ」

ついばむようなキスをして、互いに鼻や頬に軽い口付けを繰り返す。身長差があるため、セレナはぐんと背を伸ばさなければならないけれど。

レオンスがセレナの上唇、それから下唇に順に吸い付き、再び唇を合わせた。

入ってきた舌に、セレナはたどたどしくも、自分の舌を絡める。

思いが伝わるようにとレオンスの背中に手を回し、彼の身体に密着する。

レオンスはセレナの思いに答えるように、華奢《きゃしゃ》な彼女の身体をすっぽりと腕の中に収めた。

ゆっくりと名残惜《なごりお》しそうに唇を離すと、セレナはレオンスの胸に顔を埋めた。

レオンスの体温と鼓動……それがとても心地いい。

うっとりと浸るセレナの腰にレオンスの手が回り、柔らかい尻を撫《な》で始めた。

「レオンス様……駄目です。もう戻らないと、皆さんに怪しまれます……！」

「戻る気はないぞ？」

「えっ」

しゃあしゃあと言い放つレオンスに、セレナは焦り出す。

「でも、花婿と花嫁がいなくなったら……私達のために集まってくださった皆様に、申し訳が立ちません……！」

セレナの言葉を遮《さえぎ》るようにドレスの裾をたくしあげて手を入れたレオンスは、悪戯《いたずら》な笑みを浮かべていた。

「宴の途中で花嫁と花婿がいなくなるなんて、当たり前だろう？　皆、承知の上さ。後は食べて飲んで踊って夜を明かすんだ」

「そんなこと聞いてませ――、きゃっ！」

いつの間にか、レオンスの手がドレスをかき分け、太股の間に入ってきた。

「だ、駄目……です！　ド、ドレス……せっかくの花嫁衣装に、皺《しわ》がつくのは、嫌……！」

ここで行為に及んでしまえば、皺《しわ》だらけのドレスで会場に戻らなくてはならない。

それは乙女心としてはどうにかして避けたい。

「……皺《しわ》にならなければいいのか？」

セレナが拒否することで、レオンスに火がついたらしい。

セレナを鏡台の前に連れていくと、「後ろ向きになって、鏡台に手をつくんだ」と促《うなが》した。

「えっ……？」

「さあ、早く」

こうするんだ、と上半身を鏡台に屈《かが》ませる。

鏡に向かって屈《かが》む自分。腰だけ不格好に上がっているのが鏡越しに見えた。

「あ、あの……」

「足を広げて」

この体勢に何の意味があるのか尋ねる間もなく、レオンスの言われた通りに動いてしまう。

「レオンス様、この体勢は一体……」

「足がふらついたら、鏡台が支えてくれる」

「え？」

(レオンス様が支えてはくれないの？)

それもだけど、この体勢の意味がわからない。セレナは本気で悩む。

「――すぐにわかる」

「……っふぁっ……」

レオンスがそう言いながら、背中に覆《おお》い被《かぶ》さってきた。

後ろから、耳朶《みみたぶ》や首筋にレオンスの唇が当てられ、吸い付かれる。

「あっ……」

強弱を付けて吸い付きながらも、レオンスの手は艶《なまめ》かしくセレナの身体を撫《な》でる。

背中や腰や尻に——服の上からなのに、レオンスの手の感覚が切ないほど伝わってくる。

まるで、全裸で撫《な》でられている錯覚に陥《おちい》るほどだ。

「あ……、レオンス様……」

レオンスの手が後ろから胸元に来ると、ボタンを外される。

すぐに胸に触れるのかと思ったら、手は隙間ができた所に入っていき、肩から服を引き下ろした。

「あっ！　いやあ、ん」

「暴れると皺《しわ》になるぞ？」

そう言われると、「花嫁衣装に皺《しわ》がつくのは嫌」なんてことを言った手前、黙ってしまう。

器用にコートドレスを脱がして、レオンスは床に広げるように投げた。

中の淡いピンクのドレスだけになったセレナだが、どうにも恥ずかしい。

それに、上半身は肩だけでなく白くて丸い膨《ふく》らみが零《こぼ》れている。

「レオンス……さま」

「皺《しわ》になるのは、嫌なんだろう？」

鏡越しにレオンスが扇情的な笑顔をよこす。

その笑顔に見惚《みと》れていると、レオンスが愛しげにセレナの背中に覆《おお》い被《かぶ》さり、後ろから胸を揉みしだいた。

「あっ……あっ、あん……あ……！」

セレナの胸を包み揉み上げるレオンス指の腹が、頂《いただき》を丁寧に擦《こす》る。

晒《さら》け出された背中にレオンスの口付けが落ちては、舌が這《は》う。

二つの攻めに、セレナの下腹が蕩《とろ》けるような甘い疼《うず》きを生み出してきた。

「あっ……ふぅ、う……」

「セレナの乳首が硬くなってきた……感じてる？」

きゅうう、と頂《いただき》を摘まれ、それによって全身に伝わる痺《しび》れにセレナは「ひぃやあぁん」と甘い声をあげた。

「一年経《た》っても、セレナの反応は相変わらず可愛い……それとも、セレナも恋しかったか？　俺の身体が」

後ろから囁《ささや》かれ、耳朶《みみたぶ》を甘噛みされた。

それだけなのにセレナの身体は敏感に刺激を受け取って、過剰に跳ねた。

恋しかった——確かに、たったこれだけのことではしたなく反応するのは、レオンスの身体が恋しかったからかもしれない。

身体を重ねたのはたった三度だけなのに、レオンスを求めてくすぶっていたのだろうか？

「わか、りま……せん、私……でも、身体、だけじゃな……い」

自分は決して、レオンスとの交わりに惑わされたわけじゃない。

真っ直ぐに、一途に自分を見てくれるレオンス。聖女ではなく、セレナ・カラという一人の女性として最初から見ていてくれた。

「レオンス、様が……好きだから……私……全部、好きなの……だから……」

「――わかってる」

背後から愛しいと伝えるかのように、ぎゅっと抱き締められた。

「――あん！」

突き出た尻に硬い棒のようなものが当たり、セレナは思わず振り返る。

それが何なのかはもうわかる。今の反応はレオンスの欲情を高ぶらせるだけだろうが、セレナ自身も快感を抑えきれない。

「……セレナ……っ」

レオンスの片手が、セレナのドレスの裾をたくし上げる。

下着を乱暴に下げられ、指で割れ目を探られた。

「ふっ……ああ……ん！」

すでにそこは湿り気を帯びている。

ぷちゅり、と音がして、レオンスの指がセレナの中に押し入ってきた。

媚肉を擦《こす》り入ってきた指に、セレナの隘路《あいろ》がうねる。

ビリビリとした甘く切ない痺《しび》れがそこから一気に流れ出て、セレナの身体が震えた。

「あ、あ、ああああああ……っ！」

刺激に頭の中を真っ白にしながらも、その感覚にセレナは酔いしれる。

余韻《よいん》の残る身体は、ヒクヒクと尻を揺らしていた。

「指で達したのか……？　よほど俺の指が美味《うま》かったようだな」

「いゃあ……ん……言わないでぇ！」

「ますます濡《ぬ》れて……足に滴《したた》りそうだ」

「うそ……っ！　いや……！」

そこまで感じているなんて――

腰を引いたが、またレオンスによって戻される。

「――っあ！　あ、あ、……あ！」

中に入る指の数が一気に三本になり、かき回される悦楽に、セレナは声を上げてよがった。

くちゅくちゅと音を立てて、レオンスの指を付け根まで受け入れている。

「すごいな……こんなに喜んで呑み込んで……」

「あっ……言わないで……！」

「気付かない？　先程からずっと腰を振って……もっと俺を深く呑み込もうとしてる」

「──ん、んん……ぃ、あああん！」

隘路《あいろ》を捏《こ》ね回され、奥を撫《な》でるように突かれて、セレナの身体がまた快感に我慢できずに震えた。

倒れないように、と頭では思っているものの、快感で震えっぱなしの足に力が入らない。

「……も、もう、駄目です、私……力、入らない！」

「いい子だ」

指が引き抜かれる。その瞬間までも感じて、膣口がひくつくのを感じた。

「セレナの身体はとても正直だ」

「うっ……うぅん……」

レオンスの声が耳に届くだけでも身体が疼《うず》く。

下腹が熱を宿して、そこから身体中に淫《みだ》らな熱さを焚《た》き付けるようだ。

「レオンス、さま……ぁ」

鏡に映る彼を切なげに呼ぶ。

──早く、欲しい。

そう訴えた。

声に乗せなくても、動かした口と表情でレオンスはきっとわかっている。

その証拠に、彼はうっとりと微笑み、瞳が恍惚《こうこつ》に色付いたから。

「我慢しているのは俺だけかと思っていたよ──セレナ、君もそう思ってくれて嬉しい」

――だが、とレオンスは両膝を床につけると、セレナの右足を掴んだ。

「レオンス様……？」

「もう少し、淫《みだ》らに我慢するセレナを堪能させてくれ」

「――あっ！」

絹の靴下越しに、厚くてザラリとした生温かいレオンスの舌が這《は》う。

「はぁ……、あ……、あ、」

レオンスは高級な砂糖菓子でも味わうように、舌でゆっくりとセレナの足首を舐《な》めている。

「――んっ！」

レオンスの歯の感触を感じた後、ビリ、と生地の裂かれる音がした。

靴下を破かれて、レオンスの大きな手の感覚が直に伝わってくる。

「あん、あ、……ん、ぁあ……」

足首だけでなく、ふくらはぎや太腿《ふともも》など、いたる所をレオンスの唇が、舌が這《は》う。

時々噛み付かれてはセレナが嬌声《きょうせい》を上げる。

「あ、はぁ……、はぁ、あ……ん、レオ、ンスさまぁ……！　これ以上、駄目、です……！　噛み付いちゃだめ……ぇ！」

身体が燃えるように熱い。下腹部がきゅうっと収縮して、レオンスを欲しいと訴えている。

「これ以上されたら、もっと淫《みだ》らな気持ちになって……私、もっともっと、レオンス様を、求めちゃ……う！」

「噛み付いてないよ。歯を少し当てただけだ」

「……えっ？　だ、だって、こんなに私、感じて……、身体がジンジンしてるのに……？」

クス、とレオンスが困ったように眉を下げて笑う。

「それはセレナ自身が気持ちよくなりたがってる証拠だ」

「わ、私自身……？」

恥ずかしくなって、そのせいで身体がかっと熱を持つ。

「わ、私……」

胸がはだけている上に、快感のあまり尻を突き出した格好で腰を振って、レオンスのものをねだっていた――それが自分の欲求を表しているなんて――

鏡越しのレオンスに顔を合わせることもできず俯《うつむ》く。

「ご、ごめんなさい……！　わ、私……はしたなくレオンス様を欲しがって……！」

「――俺は嬉しいよ」

レオンスが、そう言って立ち上がる。

彼もいつの間にかコートを脱いでいて、シャツも前がはだけていた。

軍人らしく鍛《きた》え抜かれた身体が鏡に映る。それを見て、セレナの腹の中がまたきゅうっと締まった。

「――あぁ、っ！」

レオンスは再びセレナの背中に覆《おお》い被《かぶ》さると、彼女の顎《あご》をくい、と持ち上げる。

鏡に、セレナとレオンスの顔が並ぶように映る。

瞳を潤《うる》ませて蕩《とろ》けた顔をする自分に、セレナは耳まで赤くなった。

「セレナ自身が、俺を求めてくれてる。今の顔は、たまらなくいい」

告げられたと同時に、レオンスがセレナの膣口をこじ開けるように一気に貫《つらぬ》いてきた。

「――はぁぁあん！」

セレナの隘路《あいろ》が、レオンスの楔《くさび》を締め上げる。

「……くっ！　締め過ぎだ……」

「そ、そんなの……わからな……！」

わかるのは、久しい感覚に全身が歓喜していることだけ。

「あっ、あっ、ああ……！　あ、くっ……ううん……！　ふぁ……あ！」

熱い杭《くい》のようなレオンスのものが奥に当たるたびに、火花が飛び散るような刺激が生まれる。

セレナの頭の中が真っ白になり、必死にその快楽を受け入れていた。

「ほら、先程よりもさらに可愛らしい」

レオンスに促《うなが》され、鏡に映る自分の顔を見た。

顔は上気し、愉悦《ゆえつ》に酔いしれて涙を浮かべている。

「あ、いやあ……こんな顔……！」

「どうして？　すごくいい顔だ」

レオンスの舌がセレナの耳の縁に沿って這《は》う。

ぞくぞくとした感覚に、思わず腰が揺れてしまう。

「式の時、セレナがあまりに綺麗で……衝動を抑えるのに必死だった……」

耳元で囁《ささや》かれ、セレナはゴクリと息を呑む。

「私も……レオンス様の凛々《りり》しい姿に……本当は夢を見てるんじゃないかと……夢なら覚めないでって……」

「夢じゃない。俺達はもう夫婦だよ、セレナ……！」

「レ、オンス、さまぁ……！　はぁあ、あ、あん！」

激しく腰を突き動かされ、その衝撃でセレナの身体が大きく揺れる。

胸も前後にふるんふるんと揺れた。

「いやらしいな……セレナの姿……そそられる」

もう、ドレスの皺《しわ》を気にする余裕がセレナにはなくなっていた。

奥を突かれると、膣口にレオンスの楔《くさび》の根元が当たって甘い痺《しび》れが生まれる。

二人の身体がぶつかる音が部屋中に響いて、さらにセレナを愉悦《ゆえつ》に浸らせた。

「あっ……あっ……！　も、もう……足が……駄目……！」

快感にうち震える身体を、鏡台に手をつけてどうにか支えていたけれど、手も足も、もう限界だ。

「倒れちゃう……！」

「大丈夫」

冷静な声がしたかと思うと、レオンスは一度セレナから離れた。しかし、すぐに後ろから軽々とセレナを抱き上げる。

「あっ……？　えっ……？」

レオンスは鏡台の横に置いてあった椅子に座り、セレナを膝に抱いて再びその身を埋めた。

「……あっ……あ、ああ……んん……深いぃ……」

ズブリ、と彼の硬いものを受け入れて、セレナはまたもや快感に肩を震わせた。

「……っ……。持っていかれる……」

肩越しに、レオンスが苦しげに呻《うめ》いた。

「あっ……ごめんなさ……い」

「いや……達してしまいそうで……我慢してるだけだ……」

後ろから強く抱き締められ、セレナは回されたレオンスの腕をそっと撫《な》でる。

髪を片方に寄せられて、晒《さら》された肩にレオンスの唇が押し当てられた。

唇と舌先が、セレナの肩甲骨《けんこうこつ》を撫《な》でるように這《は》う。緩やかに流れてくる快感にふるる、と身体が揺れれば、中に収まっているレオンスの楔《くさび》が媚肉に当たるのがわかった。

「あっ……あん……！」

少し動いただけで深い快楽になる。セレナは呼吸さえままならない。

「セレナ、見てごらん」

レオンスが後ろからセレナの膝《ひざ》に手を差し入れ、彼女の太腿《ふともも》を広げた。

「レオンス様……恥ずかしい……いやぁ……！　やめて、お願い……！」

鏡にはレオンスとセレナが結合した部分が映っていて、セレナは羞恥《しゅうち》に顔をそらす。

足を閉じようにも、レオンスにしっかりと押さえられ、セレナの力ではどうしようもなかった。

「い、意地悪しないで……」

「意地悪じゃないさ。——ほら」

レオンスの指が小さな秘芽をとらえて擦《こす》り出す。

「ひゃああ……ん！」

鋭い刺激にセレナの腰が跳ねる。

「あっあっあっ、駄目え……！　これ以上弄《いじ》らないで……っ！」

懇願《こんがん》すればするほど、レオンスは意地悪く小さな秘芽を擦《こす》り上げたり押したりと、細かな振動を与える。

セレナは絶えず、びくんと腰をひくつかせて喘《あえ》いだ。

「ひっ……、ひぃん……いいん！　ひぃやああん！」

レオンスも下から腰を動かし始めた。

隘路《あいろ》はレオンスの楔《くさび》でかき回され、外では秘芽が弄《いじ》られて――強烈な快楽に、セレナはもう喚《わめ》くことしかできない。

ぐちゅぐちゅと膣口からねばついた水音が聞こえてくる。

「セレナ、繋《つな》がった場所から蜜がほら……」

レオンスに囁《ささや》かれ、セレナはぼうっとした頭で言われるがまま鏡を見る。

鏡には、結合部から滴《したた》る愛蜜が月明かりに照らされて淫靡《いんび》な光を放ち、てらてらと輝いていた。

「……いやぁあ……ん！　もう、やめて下さい……恥ずかし……い……！」

自分の淫乱《いんらん》さを全て見せ付けられたように思えて、セレナは必死に懇願《こんがん》する。

それでもレオンスは許してくれなかった。

「俺はもっと見たい。セレナの、俺にしか見せない淫《みだ》らな姿を見て目に焼き付けたい」

「レオ……ンス様……！」

セレナの二つの乳房が大きく揺れるほど、下から激しく突き上げられる。

「ふっ……ああっ！　あっ、あっ、激しい……のぉ……あ、だめえ……！」

またどんどん気持ち良くなっていく。

湧《わ》いては弾ける快感に、いつしかセレナは自らも腰を動かしていた。

「ああ……いい……可愛いよ、セレナ」

見てごらん、と言われ、視線を再び鏡台に向ける。

激しく上下する結合部分に抜き差しされるレオンスの楔《くさび》。

ぞくり、と背中が粟立《あわだ》った。

セレナの中で律動を繰り返すレオンスの楔《くさび》はますます熱くなり、大きさを増し媚肉を擦《こす》る。

「あ、あ、あ、ああああ！　いいぃあああう……ん！　いゃあああっ！　い、い、いいやああ！」

セレナは髪を振り乱し顔を振る。激しい快感に背筋が反り返る。

鼻にかかった甘い声を上げ、セレナは深い絶頂を全身で味わった。

それはレオンスも同じだったようで、息を吐き出し、セレナの腰を強く押さえて自分の腰と重ねる。そしてセレナの中に、火傷《やけど》しそうなほど熱い飛沫《ひまつ》を浴びせ、荒い息を整えた。

「セレナ……」

レオンスの自分を呼ぶ声が、近いはずなのに遠くに聞こえる。

中に放たれた彼の残滓《ざんし》を熱く感じながら、セレナは瞼《まぶた》を閉じた。

†　†　†

目が覚めると、すぐ目の前に微笑むレオンスがいた。

「私……」

視線を下げてみると、裸で毛布にくるまっているのがわかった。身に着けていた衣装はレオンスが脱がしてくれたのだろう。

「あの……ごめんなさい。私、寝ちゃって……？」

あの状態で寝てしまうなんて、神経が図太いと思われただろうか。

恥ずかしさに、毛布で顔を隠す。

レオンスのクスクスと笑う声が聞こえる。

「いや、俺が悪かった。久し振りなのに激しく抱いてしまったから……。あの後、すぐに気を失ったんだよ、セレナは」

レオンスは寝台の端に腰かけ、水をグラスに注《そそ》いでくれた。

そう言えば喉がカラカラだ。セレナは起き上がってグラスを受け取る。

部屋を見渡すとまだ夜中で、相変わらず月の光が部屋を優しく照らしていた。

セレナは喉の渇きを潤《うるお》すと、グラスをテーブルに置き、レオンスに寄りかかった。

彼の胸の弾力、香り、握られた手の温もり……どれも、夢じゃない。

「私、レオンス様のお嫁さんになったんですね」

「ああ……。『聖女』も掛け持ちだがな」

――契《ちぎ》りを交わしても、聖女の力は損なわれない。

それを理解した教会側は、結婚した後も教会の活動に力を貸してほしいとセレナに懇願《こんがん》したのだ。

布教活動への同行をはじめ、国内の様々な行事に参加する事などを求められている。

必死な願いを拒絶することは、セレナにはできなかった。

「……レオンス様は、お嫌？」

「そうではないけれど、セレナは俺の本宅での仕事もあるし、もし子供ができたらもっと忙しくなるぞ？　程々にしておいたほうがいい」

苦虫を噛み潰《つぶ》したような顔をするレオンスを見て、セレナはもちろん、クレッシュ家のことを最優先にしますと誓った。

「そうじゃない」

「えっ……？」

不貞腐《ふてくさ》れた顔のレオンスを、セレナは思わず凝視《ぎょうし》した。するとレオンスは、ばつが悪そうに視線をそらし呟《つぶや》く。

「……まず、俺のことが最優先だ」

「……あっ」

それで拗《す》ねた顔をしたのか。

「はい！　そうでした」

セレナは笑いをこらえてそう返事をした。

レオンスは機嫌を直して、セレナのふっくらとした唇に軽いキスをする。

チュッ、チュッとわざと音を立ててするものだから、セレナもおかしくなって、笑いながら真似をした。

頬に、髪に瞼《まぶた》に。いたる所にお互い口付けをする。

「……？　レオンス様……？」

レオンスの手の動きが怪しくなってきた。

セレナの胸を揉みながら、口付けをよこす。

「あ、あの……もう、休みましょう？」

「……ん？」

レオンスの手は構わずセレナの胸を揉み、乳首にも悪戯《いたずら》を仕掛けてきた。

「……んん、明日は本宅に行かなきゃいけないし……」

ズルズルと寝台の空《あ》いているほうへ逃げようとするセレナを、レオンスは覆《おお》い被《かぶ》さるようにしてシーツに押しつけた。

「レ、レオンス様……あの……私、もう……」

口元が引き攣《つ》るのを感じながら、セレナは愛想笑いをレオンスに向ける。

レオンスは灰色の目を細めて、淫靡《いんび》に笑った。

「夜はまだこれからだぞ？　それに、一年間我慢してきたのだから、少しは羽目を外してもいいだろう？」

「私、もう、一年分の愛情を頂戴《ちょうだい》した気分です……！」

「俺の愛情の深さは、こんなものじゃない」

（私、体力もつかな……？）

セレナの不安は、すぐに幸せの中に消えていった。

そして――明け方までレオンスに付き合わされたセレナは、クレッシュ家での披露宴を終えた直後に、過労で熱を出して倒れる羽目になる。

熱で朦朧《もうろう》とした意識の中でセレナが見たものは、バージニアに「この大馬鹿者！　花嫁に無理をさせて！」と激しく怒られ、扇《おうぎ》で叩かれるレオンスの背中だった。

11　新しい聖女……？

セレナとレオンスの結婚から、四ヶ月が経《た》った。

秋も深まり、落葉樹の葉が色付きを増す頃。

セレナとレオンスは、アリューシアとブランデルが待つ彼らの家に向かっていた。

今日はレオンスも休みを取っているので、余程の緊急事態がない限り招集もかからない。

セレナは手作りジャムとスコーンを、レオンスは薔薇《ばら》の花束を手土産に用意している。

昨夜――アリューシアの陣痛が始まったと連絡が入り、ブランデルは血相を変えて自宅へ帰っていったのだった。

そして早朝、無事に女児が誕生したと報告が入った。

セレナとレオンスは、「アリューシアの体調が落ち着いた頃に見舞いに行く」と申し出たが、ブランデルから、すぐに来てほしいと切望されたのだ。

母になったアリューシアとその赤子に会えるのは嬉しいけれど、アリューシアの体調は大丈夫なのだろうか？

「もしかして……産後の状態が悪いのかしら……？」

セレナの母は、自分を産んで間もなく亡くなった。

まさかアリューシアも同じような状態で、だから早く自分達に会わせようとしているのかと考えてしまい、セレナは顔を曇らせた。

「いや、母子共に健康だと聞いてる」

レオンスはそう言ってセレナを安心させ、彼女が肘にかけている籠《かご》を自分が持つと言って手に取った。

「ならよかった……。レオンス様、私、籠《かご》ぐらい持てますよ」

「大事な時期なんだ。無理するな」

キッパリと言ったレオンスは、片手に籠《かご》と花束を持つと、空《あ》いた手でセレナの肩を引き寄せた。

「転んだりしたら危険だからな」

「もう……！　子供扱いして！　適度に歩いて足腰を鍛《きた》えておきなさい、とお医者様から言われています。レオンス様に寄りかかっていたら、甘えてばかりで難産になります」

「俺もその場にいたから聞いてる。だが、歩いていいと言ってはいたけれど、重い荷物を持っていいとは言われなかっただろう」

「その籠《かご》、ちっとも重たくありませんてば！」

そんなやり取りをしながら、二人はブランデルとアリューシアの自宅に着いた。

「よく来てくれた！」

ブランデルが、待ちかねたと言わんばかりに二人に駆け寄ってくる。

「セレナ様！」

どうやら、ブランデルがより待ち遠しかった人物はセレナのほうだったらしい。

セレナの手をぎゅっと握り締めると、「さっ！　早く……！」と、急いだようにセレナを案内しようとする。

それを見たレオンスは、慌ててセレナをブランデルから引き離した。

「転んだらどうするんだ！　セレナは今、普通の身体ではないんだぞ！」

「……えっ？　具合が悪いのですか？」

ブランデルがセレナに尋ねると、セレナはポッと頬を染めた。

「お腹に赤ちゃんが来てくれたんです……」

「えっ!!」

「だから、走らせるようなことをするなよ」

突然の報告に驚いたブランデルだったが、すぐに飛び上がらんばかりの喜びを見せてくれた。

「おめでとう！　今日は二重にめでたいな！　本当におめでとう！」

「ありがとうございます」

ブランデルは、そわそわした様子でレオンスとセレナを案内した。

「とにかく来てくれ！　見て欲しいものがあるんだ。特にセレナ嬢に」

「私に……？」

セレナは首を傾《かし》げた。

連れていかれたアリューシアの部屋で、彼女は相変わらず慇懃《いんぎん》な態度を崩さずに、寝台から挨拶《あいさつ》をする。

「セレナ様、よく来てくださいました。お恥ずかしい姿のままで失礼します」

アリューシアは寝衣《しんい》の上にガウンを羽織った姿で枕を背に座っていた。

「おめでとう、アリューシア。お加減はいかが？」

「おかげさまで、経過はいいようです。安産だったと医者に言われましたよ」

微笑むアリューシアがすっかり穏やかで優しい印象であることに、セレナは驚いていた。

(子を産むと変わるのね)

母性が滲《にじ》み出ているアリューシアを、セレナは微笑ましく見つめる。

「アリューシア」

ブランデルが名前を呼んで促《うなが》す。

わかった、とアリューシアはブランデルが慣れない手付きで抱いていた赤子を受け取った。

「セレナ様に見ていただきたい模様が……」

「模様……？」

アリューシアはスヤスヤと眠る女の赤子を抱いたまま、肌着を肩から脱がしていく。

「あっ！」

「これは……！」

セレナだけでなくレオンスも驚いた。赤子の背中――肩甲骨《けんこうこつ》の間に、聖女の証《あかし》である痣《あざ》が刻まれていたのだ。

セレナは近くの椅子に腰を下ろすと、スカートの裾を上げ、右足首の模様と見比べる。

「同じだわ……」

アリューシアとブランデルは「やっぱり」と声を揃《そろ》えた。

「まさか、二人の間に聖女が生まれてくるとはな」

レオンスが目を丸くする中、セレナがお腹を擦《さす》りながら言う。

「レオンス様……私、お腹の子は男の子だと思うんです」

「俺も、そんな気がしてきた……」

ブランデルが「まさか」と口を開き、セレナのお腹を見て言う。

「レオンスは足首だったが、その子はうちの娘の背中に噛み付く、というわけか」

赤子に服を着せながらアリューシアが言った。

「まあ、私はセレナ様のお子と私の子が恋するというなら反対はしない」

「私も、アリューシアの子供なら大歓迎だわ！」

ね？　とセレナがレオンスに同意を求めると、彼はにこやかな顔で「もちろんだ」と返してくれた。

「――いや、俺は反対だ」

むすりとした顔をして一人反対しているのは、ブランデルだ。

アリューシアから愛娘をそっと抱き上げ、あやしながら「嫁にはやらない。絶対反対！」と言い放つ。

「例えばの話じゃないか。それたにまだ、セレナ様の子供が男の子だと決まったわけではないのだし」

アリューシアが呆れたように返しても、「こんなに可愛い娘を他所《よそ》にやれるものか」と聞く耳を持たない。

その様子を見て、セレナは笑いながらレオンスを見上げる。

セレナの視線に気付いて目を合わせると、レオンスもまた笑顔でそっと彼女の肩を抱いた。

来年の今頃にはきっと、可愛らしい赤子もこの輪の中にいる。

そう思うと温かな気持ちに包まれるセレナだった。

スリムな男性がモテる世界に、男爵令嬢として転生したリオ。でも、うっすら前世の記憶を持つ彼女はたくましい男性が好み。なかなか理想の人に出会えなかったのだけど、初めての舞踏会で、マッチョな軍人公爵がリオをエスコートしてくれることに！　優しい彼は、彼女の心も体もとろけさせて——。転生令嬢と野獣公爵の、キュートな極甘ラブロマンス！

定価：本体1200円+税　　Illustration：一成二志

ああ、甘いな……。
お前の身体は、
どこもかしこも甘い

赤子の頃に捨てられ、領主の屋敷で下働きをしているライラ。そんな彼女の前に、ある夜、美貌の青年が現れた。魅入られたようにその場から動けなくなったライラを青年はキスと愛撫で甘く蕩《とろ》かしていく。気づくとライラは、国王の伴侶として王宮に向かう馬車の中で!? その寵愛は恋か運命《さだめ》か欲望か——身も心も蕩かされるロマンチックラブストーリー！

定価：本体1200円+税　　Illustration：一色箱

こんなにも
いやらしい**音**をさせてるくせに
無理だなんて**嘘**でしょう？

隣国ディアドラを訪れた領主の娘ルーチェ。王都で初恋相手と再会したのだが、喜んだのも束の間、なんと彼がディアドラの王子だと判明！ルーチェが驚愕《きょうがく》する中、すぐさま婚約はまとまり、彼女は夜な夜な王子の与える快楽に翻弄《ほんろう》される。これが続いたら、身体が持たない!!

こうしてルーチェは、彼の淫らな手から逃げ回ることにしたのだけれど――

定価：本体1200円+税　Illustration：りんこ。

竹若和馬
cv.上田貴紀
篠竹相良
cv.藤原翔大
紅原円
cv.髙坂篤志
守崎啓也
cv.増田俊樹
ヴィンセント・ジェン・シルベル
cv.沢城千春
桂木鏡矢
cv.村上喜紀
三宮穂高
cv.中澤まさとも
バジル
cv.ランズベリー・アーサー

深森ゆうか（ふかもり ゆうか）
2008年頃からWEB上に小説を公開し始める。2016年、本作でTL小説デビュー。別名義でも活動中。食べること、旅行すること、寝ることが大好き。

イラスト：天城望

聖女《せいじょ》の結婚《けっこん》

深森ゆうか（ふかもり ゆうか）

2016年 2月29日初版発行

編集－北川佑佳・宮田可南子
編集長－塙綾子
発行者－梶本雄介
発行所－株式会社アルファポリス
〒150-6005東京都渋谷区恵比寿4-20-3恵比寿ガーデンプレイスタワー5階
TEL 03-6277-1601（営業） 03-6277-1602（編集）
URL http://www.alphapolis.co.jp/
発売元－株式会社星雲社
〒112-0012東京都文京区大塚3-21-10
TEL 03-3947-1021
装丁・本文イラスト－天城望
装丁デザイン－ansyyqdesign
印刷－図書印刷株式会社

価格はカバーに表示されてあります。
落丁乱丁の場合はアルファポリスまでご連絡ください。
送料は小社負担でお取り替えします。

ISBN978-4-434-21687-9 C0093